FABULA
408

DELLA STESSA AUTRICE:

Génie la matta
Giorno di vacanza

Inès Cagnati

I pipistrelli

Traduzione di Lorenza Di Lella e Francesca Scala

ADELPHI EDIZIONI

TITOLO ORIGINALE:
Les Pipistrelles

WWW.ADELPHI.IT

ISBN 978-88-459-3920-4

Anno				Edizione							
2027	2026	2025	2024	1	2	3	4	5	6	7	8

INDICE

A Yves e Bruno

I PIPISTRELLI

Forsennato chi ogni notte aspetta l'alba e non è, l'alba, che un'altra alba ancora, un pallore che si insedia e la fatica e tutto quello che avevamo immaginato di follia e di luci svanisce in una sensazione di stanchezza...

LOUIS ARAGON

La tacchinella

Era una sera di giugno, una lunga sera dorata, alla vigilia dell'esame di licenza elementare. Non avevo tanta fretta di rientrare a casa, ed era meglio così dato che, a partire da maggio, la maestra ci tratteneva a scuola un'ora in più per farci fare dei dettati pieni di parole difficili e di cose che andavano o non andavano d'accordo, chissà poi perché, e dei problemi con vasche e rubinetti rotti, con treni che non la finivano mai di rincorrersi e incrociarsi, con droghieri disonesti che volevano a tutti i costi gli interessi. Tutte cose che non invogliavano proprio a dare l'esame.

In più, quella sera, la maestra mi aveva detto di nuovo:

«Non so se ce la farai a prendere la licenza, non capisci niente».

E io ero perfettamente d'accordo con lei, non capivo niente di tutte quelle cose tristi. Non avevo tanta fretta di rientrare, anche perché quella bella luce dorata continuava a inondare ogni cosa e perché a casa i miei genitori, se erano arrabbiati, avrebbero detto anche loro:

«Stupida come sei, mi sorprenderei molto se riuscissi a prendere la licenza. Farai come Ernest, che è rimasto ignorante e firma con una croce dato che non sa scrivere, ed è stato pure riformato, sappiamo bene perché».

E noi, se incontravamo Ernest, lo guardavamo di soppiatto per cercare di capire come mai non l'avevano voluto nell'esercito, considerato che sparava così bene alle lepri, agli uccelli e alle volpi, sia di giorno che di notte, e senza mai farsi beccare, cosa di cui la guardia campestre si lagnava parecchio.

Perciò lungo la strada ho perso tempo con Susette, una mia compagna di classe, che ha una zia matta, una bicicletta, ma viene a piedi con me e sostiene che i suoi genitori hanno giardini pieni di fragole. Fragole! Che bugiarda, quella Susette! Stamattina mi ha persino detto:

«Te ne ho portate un po', così ci fai una torta».

Le piacciono le torte. Ha nascosto le fragole sotto i mucchi d'erba che il cantoniere falcia a bordo strada, lungo il terrapieno, non si ricordava più bene dove. Allora abbiamo cercato, lentamente, abbiamo alzato a uno a uno i mucchietti d'erba secca che profumavano di finocchio selvatico. Abbiamo cercato per un sacco di tempo. Alla fine Susette ha detto:

«Le avrà prese di sicuro il cantoniere, le fragole».

Non ho mai mangiato delle vere fragole, mai. Ho detto:

«Dobbiamo affrontarlo e farcele restituire».

E lei:

«Sarà difficile, a quest'ora le avrà già mangiate», ed era vero.

A quel punto ci siamo salutate. Susette è la più grande bugiarda che si sia mai vista sulla faccia della terra, talmente bugiarda che, se a mezzogiorno dice che è mezzogiorno, non ci crede nessuno. Ma ha le mani piccole, sottili, bianchissime e come sciupate, e poi ha una bicicletta e giardini pieni di fragole.

Non appena mi sono ritrovata da sola sul sentiero fra le siepi, ho accelerato il passo perché con tutte quelle storie assurde sulle fragole avevo perso davvero molto tempo. Ho corso e corso verso casa a più non posso. Per fortuna c'è mia sorella a badare alle mucche. Sono arrivata proprio mentre mia madre si preparava ad andare nella stalla per aiutare mio padre a mungere le mucche da latte. Mio padre odia mungerle da solo. È fatto così. Dice:

« Preferirei partorire ogni giorno ». E mia madre risponde:

« Neanche lo sai, di che cosa parli ».

Appena arrivata, ho capito che era una di quelle sere in cui c'è poco da scherzare. Mia madre aveva la faccia tirata e cupa di quando è infuriata. Mi è venuta incontro, mi ha guardata dritto in faccia e ha detto:

« È questa l'ora di arrivare? ».

E io subito:

« È colpa di Susette e delle sue fragole. Le ha nascoste nell'erba e siamo state a cercarle per un sacco di tempo, un sacco. Volevo fare una torta ».

Mia madre mi ha fissata come se avessi detto un mucchio di parolacce, poi ha gridato:

« Una torta? Una torta! Te la faccio vedere io, la torta, così impari ».

E mi ha mollato un gran ceffone sulla guancia. Mi è salito all'istante il sangue alla testa e mi sono sentita gonfia e rossa. Poi ha gridato ancora più forte:

« Cosa credi, che non ne facciamo di sacrifici, noi, per farti prendere la licenza? Sono già due anni che potresti lavorare in casa o guadagnarti da vivere andando a servizio. Io, a quattordici anni, lavoravo da un pezzo. E tutto perché una fannullona come te possa prendere la licenza. E magari non la prendi neanche, asina come sei».

«Esatto» ho gridato alla fine, perché ne avevo abbastanza. «La maestra ha detto che non sa se riesco a prenderla».

Mia madre si è irrigidita ed è diventata livida come la virtù mal ricompensata, all'improvviso mi è sembrata altissima e ho avuto paura.

«Che cosa?» ha gridato. «Cos'è che ha detto quella lì?».

«Che non riuscirò a prenderla per colpa dei problemi» ho spiegato.

Mia madre ha afferrato il secchio, il passino, la mia mano e si è precipitata fuori trascinandomi con sé, poi è corsa come un fulmine verso la stalla facendo un tale baccano che mio padre si è tirato su di scatto da sotto la mucca che stava tranquillamente mungendo.

«Be', sei diventata matta?» ha detto.

«Matta?» ha detto mia madre. «Matta? Lo sai cosa va raccontando la maestra di tua figlia?».

«No» ha detto lui. «Non lo so».

«Va raccontando che si stupirebbe molto se la bambina riuscisse a prendere la licenza».

«Ah, davvero?» ha detto mio padre.

«È tutto qui quello che hai da dire, dopo due anni che la mandiamo a scuola apposta?».

«Ma scusa,» ha detto mio padre «se non è abbastanza brava, non ci possiamo fare niente, noi».

«E perché mai non dovrebbe essere abbastanza brava?» ha gridato mia madre, che a quel punto era diventata paonazza. «Sa leggere, scrivere e contare, non sono cose importanti, queste? Chi è che fa i conti, qui, chi è che scrive i biglietti di auguri, a Natale e a Pasqua? È lei, quindi perché non dovrebbero darle la licenza? Cos'altro pretende quella gente? ».

Io mi sono messa a piangere, era dal ceffone che ne avevo voglia e piango sempre quando mia madre grida, non riesco a sopportarlo. Mio padre e mia madre mi hanno guardata tutti e due, e allora ho raccontato:

« Per passare l'esame, bisogna saper risolvere i problemi e io, per colpa della vasca da bagno, non ci riesco ».

« La vasca da bagno? » ha detto mio padre.

« Quella della maestra » ho spiegato. « Ha una vasca piena di buchi e nei problemi vuole che le diciamo quanto tempo le serve per riempirla e fare il bagno. Ma io come faccio a saperlo? ».

« Capito? » ha detto mia madre.

« Già » ha detto mio padre, e ci ha riflettuto un po' su. « Quello che puoi dire alla maestra senza sbagliarti è che serve moltissimo tempo per riempire una vasca bucata, che a volte è persino impossibile. Pensa a quando il nostro abbeveratoio era forato. Non teneva l'acqua, non c'era verso. Mi spiace, è così. Quando una cosa è malridotta, è malridotta ».

« Sì » ho detto piangendo ancora di più. « Ma lei vuole fare lo stesso il bagno e bisogna assolutamente dirle dopo quanto tempo può entrare nella vasca ».

« È malata di mente » ha detto mia madre. « L'ho sempre pensato ».

« Tanto più che allagherà la casa » ha detto mio padre. « Dopotutto, se vuole lavarsi, può sempre farlo in un ruscello, come noi. C'è una bella acqua che scorre chiara e fredda, e dille che dopo essersi lavati per bene in un ruscello ci si sente freschi e come nuovi ».

« No » ho detto io, perché non riuscivo a immaginare la maestra tutta nuda in un ruscello. «Lei vuole l'acqua calda nella sua vecchia vasca, altrimenti niente licenza».

«Dobbiamo fare qualcosa» ha detto mia madre.

«Per me c'è una sola soluzione» ha detto mio padre. «Vado a ripararle la vasca, così non ti chiederà più di risolverle tutti questi problemi».

«Giusto» ha detto mia madre raggiante. «I temperini già glieli affili, puoi benissimo ripararle anche la vasca».

«Sì» ha detto mio padre. «Però non è lo stesso. Tanto per cominciare bisogna capire di che cos'è fatta, la vasca, se i buchi sono grossi, se bisogna mettere delle toppe o soltanto un po' di stagno. Sai com'è, una vasca non è mica una pentola».

«Certo» ha detto mia madre. «Ma se glielo proponiamo, intanto ce la teniamo buona».

Allora ho pianto ancora più forte.

«Non servirà a niente,» ho detto «perché non c'è solo la vasca, ci sono anche i treni».

«Che treni?» ha detto mio padre sbucando fuori da sotto la mucca che si era rimesso a mungere. «Da qui non passa nessun treno».

«No» ho detto. «Lei però li prende, e questi treni si rincorrono, e si incrociano, ed è terribile. In più vuole che le spieghiamo quale arriverà per primo, dove si incrociano e a che ora, tutto, insomma, e io non ho mai visto un treno in vita mia».

«Neanch'io» ha detto mia madre.

«Neanch'io» ha detto mio padre. «Ma quel che è certo è che a furia di superarsi e incrociarsi a quella velocità, finiranno per scontrarsi. Diglielo, alla tua maestra, e che stia attenta. Farebbe meglio a comprarsi una bicicletta».

«Con tutte le vacanze che ha,» ha detto mia madre

con amarezza « può permettersi di viaggiare e prendere il treno, lei ».

« Che faccia pure quello che le pare » ha detto mio padre risedendosi sotto la mucca e sistemandosi per bene il secchio fra le gambe per continuare a mungere tranquillamente. « Ma con tutti quei treni impazziti c'è il rischio che vada a finire male. Dovrebbe comprarsi una bicicletta. Con quella sai quando parti e dove arrivi ».

« Sì » ho detto io. « Ma l'esame è domani. Quindi per riparare la vasca e comprare la bicicletta è troppo tardi ».

« Dobbiamo trovare qualcos'altro » ha detto mia madre in tono deciso.

Si è piazzata accanto a una mucca ed è calato il silenzio.

« L'esame è domani » ho ripetuto.

« Zitta » ha detto mia madre. « Lo sappiamo che è domani. Va' a dare da mangiare al maiale ».

Ci sono andata, non era il momento di contrariarla. Ho pensato che era davvero triste doversi occupare del maiale il giorno prima di un esame così importante, ma non si poteva neanche lasciare quel povero maiale senza mangiare, non era mica colpa sua. E poi mia madre avrebbe di sicuro trovato qualcosa per farmi promuovere, la conosco, mia madre, è terribile.

Allora ho smesso di pensare e mi sono occupata del maiale. Gli ho messo nel secchio delle vecchie patate lesse, quelle dell'anno scorso, tutte raggrinzite e piene di germogli, una pentola di crusca di granturco e dell'acqua calda, tutto bene impastato e mescolato in modo che non si strozzasse. Il maiale era contentissimo. Arsène. Chiamiamo tutti i maiali Arsène per via del sindaco, che è rosa e grasso anche lui, e la cosa mi fa ridere. Non appena ha sentito i miei passi, Arsène si è messo a grugnire e a dare testate contro il battente sopra al truogolo. È fatto così, è impaziente.

«Aspetta, Arsène, zuccone che non sei altro,» gli ho detto «mi farai rovesciare il secchio».

Lui si è calmato e ha fiutato l'aria nella mia direzione, così ho potuto versargli il cibo e accarezzargli quella sua testa dalle setole ispide. Sono rimasta per un istante ad ascoltarlo aspirare rumorosamente e ho pensato che era bello avere un maiale, un maiale ti aspetta, lo vai a trovare, gli porti quello che gli piace, il cibo o la paglia per dormire, e lui ti accoglie grugnendo di gioia. Non come i genitori o come certa gente che ti riempie la faccia di ceffoni, senza ragione, perché volevi preparargli una torta con le fragole.

Mi sono sentita tristissima e allora mi sono ricordata di altre cose di scuola e dell'esame. Oltre che con la vasca da bagno e con i treni, la maestra ha dei problemi anche con i droghieri che le fanno credito ma con gli interessi, ed è ancora più terribile di tutto il resto perché vuole che calcoliamo quanto dovrà pagare alla fine del mese o dell'anno, e un sacco di altre cose. Mia madre dice sempre che la maestra non ha motivo di preoccuparsi per questo, ogni mese, proprio lei, con lo stipendio che prende, mica come noi, in campagna, e mia madre è piena di amarezza. Secondo me la maestra va dai droghieri della città perché quello che c'è in paese fa credito senza gli interessi e aspetta che la gente abbia ricevuto l'assegno familiare prima di farsi pagare, così non ci sono problemi. Avremmo dovuto dirglielo, alla maestra, ma era troppo tardi.

A volte, quando è arrabbiato, mio padre dice che il droghiere gonfia apposta il conto. Una volta mi ha fatto rifare la somma, e non mi è venuto lo stesso risultato che al droghiere. Mia madre era raggiante.

«Visto?» ha detto a mio padre. «Lo sapevo, io, che non potevamo aver speso tutti quei soldi. È un ladro, un vero ladro, tale e quale agli altri».

E si è agitata così tanto che ha finito per rompere un piatto e mio padre ha gridato, io ho pianto, mia sorella ha sghignazzato e si è beccata un ceffone, così impara, dopodiché ha pianto anche lei, ero proprio contenta. Il giorno dopo, un giovedì, mia madre è andata in paese dal droghiere con la sua somma, la mia somma, un cestino di uova quasi fresche, la faccia rossa per lo sdegno e me al seguito. Il droghiere ha rifatto l'addizione, io pure, e abbiamo visto che avevamo tutti e due ragione, lui perché la sua addizione era giusta, io perché la mia avrebbe potuto essere giusta se solo non avessi dimenticato i riporti. Il droghiere aveva un'aria trionfale, mia madre pure.

«Possiamo anche non considerarli, i riporti» ha detto lei.

«Niente affatto,» ha detto lui «cambiano tutto, invece».

Hanno litigato per un bel po' con intorno un sacco di donne del paese che facevano commenti a voce più o meno bassa, e alcune se ne sono andate senza comprare niente quel giorno, e io ne ho approfittato per rubare una boccetta di inchiostro rosso come quella della maestra. Alla fine mia madre se ne è andata col suo cestino di uova quasi fresche che si è rifiutata di lasciare al droghiere. Le ha comunque vendute porta a porta, uova di gallina belle fresche.

«Ci vuole più tempo,» ha detto «ma tant'è, almeno ci guadagniamo. Al droghiere le avrei vendute a un prezzo più basso».

Siamo tornate a casa quasi contente. Io mi dicevo:

con i negozianti è sempre la stessa storia e in più adesso devo trovare un nascondiglio per la mia boccetta di inchiostro rosso.

La mia sorellina e il cane erano al ruscello a far bere le mucche non da latte. Da come le bastonava, potevo star certa che mia sorella era arrabbiatissima. È arrabbiata perché, da quando mi fermo a scuola a studiare per la licenza, ogni sera le tocca badare alle mucche mentre studia la lezione. Mia sorella è la peggior scansafatiche della regione, ma lei la prenderà, la licenza, sa già fare tutti i problemi della maestra. Anch'io so fare delle cose, prendermi cura degli animali perché mi piacciono, arrampicarmi sugli alberi per cercare di vedere cosa c'è dietro le colline tonde, stirare la biancheria e fare le torte se avessi le fragole. Solo che tutto quello che so fare non serve a niente per l'esame, l'unica cosa che conta sono i problemi, come se senza non si potesse vivere. Ecco.

Quella sera, a tavola, ce ne stavamo tutti zitti, perfino mia sorella. Mangiavamo dei carciofi, i primi della stagione, e delle patate, le stesse del maiale ma senza germogli e con un po' di merluzzo, aglio e prezzemolo. È un piatto che odio ma sapevo che non era il momento di parlarne, o peggio ancora di rifiutarmi di mangiare. E poi era una sera di giugno così mite, ricordo, con quel profumo di segale appena mietuta e il vento tenue che dalle sponde del ruscello portava l'odore della vitalba. Proprio una bella sera, sì.

Ho promesso a me stessa che di ritorno dall'esame sarei andata a fare un lungo bagno nel ruscello, dopodiché non avrei più pensato alla scuola, mai più.

All'improvviso mia madre ha detto:

«Non dimenticarti di stirare il vestito della domenica per domani. Non puoi certo andarci in grembiule, tanto più che è sporco».

In effetti mi ero sporcata un bel po' dando il pastone al maiale, ne avevo dappertutto. Mi piace il mio vestito della domenica. È di un azzurro vivace con qua e là dei grappoli d'uva bianchi e dei viticci verdi, sottili e tutti attorcigliati. La gonna non è ampia come avrei voluto ma la stoffa costa cara e mia madre deve sempre fare due vestiti con la stoffa che compra, uno per mia sorella, è una brutta fannullona, ma mica puoi mandarla in giro nuda, soprattutto di domenica, e uno per me, uguali identici, per evitare gelosie, ci conosce. Lo capisco, anche se a volte pesto forte i piedi e allora mia madre minaccia di darmi un paio di sonori ceffoni così imparo.

Poi ha detto:

«Bene. Ci ho riflettuto. So cosa ci vuole perché prenda la licenza».

Siamo rimasti tutti lì ad aspettare e lei, lei ha fatto con comodo, ha iniziato a radunare le briciole vicino al piatto per metterle nella scodella del cane, non c'è ragione di buttarle, è pane anche quello. Finalmente si è decisa e io, io pensavo al vento. Ha guardato mio padre dritto negli occhi e ha detto:

«Innanzitutto bisogna che la prenda, la licenza. Primo perché sono due anni che facciamo sacrifici, poi perché, facci caso, una che ha la licenza è qualcuno, può avere delle aspirazioni, mentre un'ignorante che cosa può mai sperare? Io lo so bene. Secondo me, se la prende, la bambina può sperare di sposare chi vuole in paese. Immagina, per esempio, il figlio di un fornaio con una donna come lei: lei sta dietro al bancone, fa i conti, oltre alle faccende di casa, e lui può fare il suo pane, bello tranquillo, e sono tutti contenti. Stessa cosa con il figlio di un droghiere, e di sicuro non fregherà i clienti, lei. Con la bella scrittura che si ritrova, ho pensato perfino al segretario comunale».

Allora mia sorella si è messa a sghignazzare facendo un sacco di stupide smorfie.

«Zitta, tu!» ha gridato mia madre.

«È vecchio e brutto» ha detto mia sorella.

«Vecchio?» ha detto mia madre. «Macché. Ed è un bell'uomo, se non fosse che si veste sempre di nero da quando gli è morta la madre, tanto tempo fa. Ma non è detto che continui così, e poi la cosa non ti riguarda».

Ha aspettato che tornasse la calma e poi ha aggiunto: «Ho pensato anche a un insegnante. Uno celibe arriva sempre e se le maestre sono tutte sposate, a volte capita, dovrà cercare altrove. La moglie di un insegnante, te l'immagini?».

E mi ha guardata con grande considerazione.

«Ah, no!» ho gridato. «Della scuola ne ho abbastanza, io, e se anche lui ha una vasca piena di buchi, ricominceremo con i problemi».

«Bene» ha detto mio padre che sembrava molto colpito. «Ci penserai poi se sposarlo o no».

«Non c'è niente da pensare» ha detto mia madre che si stava innervosendo. «Se una ha la fortuna di essere chiesta in moglie da un insegnante, dice di sì e poi se vuole può anche buttare la vasca da bagno dalla finestra. Per prima cosa però dice di sì e si sposa».

A quel punto ci siamo calmati tutti, persino io e mia sorella.

«Ecco cos'ho deciso» ha detto mia madre. «Domani la bambina porterà una tacchinella alla maestra, così quella sarà costretta a darle la licenza».

«Una tacchinella!» ha detto mio padre come se gli avessero appena dato una bastonata.

Mia sorella, quella gran canaglia, si è messa di nuovo a sghignazzare. Le ho dato un bel calcio sotto il tavolo, così ha smesso all'istante, e poi le ho detto:

«A te, per avere la licenza, non basterà una tacchinella, ci vorrà come minimo il maiale».

Non era vero ma mia sorella ha cominciato a piangere e io a ridere perché me la immaginavo mentre andava a scuola col maiale al seguito. Mio padre e mia madre si sono messi a gridare dicendocene di tutti i colori e ci siamo calmate. Non era proprio la sera giusta per fare il nostro solito teatrino e prenderci un fracco di botte. Tanto più che c'era in ballo la mia licenza e dopo, mia madre l'aveva detto, potevo sposare chi volevo. Io in effetti volevo sposarmi con il figlio del mezzadro del fornaio che aveva gli occhi chiari e i capelli biondi pieni di riccioli. Per un attimo ho avuto voglia di dirlo e poi mi sono ricordata di quello che era successo a lui e a suo padre il giorno della fiera dei vitelli. Avevano il vitello più bello di tutta la piazza e i mercanti di bestiame gli giravano attorno senza decidersi a pagarlo il giusto, e la cosa andava avanti da un pezzo, e allora, per darsi coraggio e non perdere la pazienza, padre e figlio hanno fatto un salto al bar a bere una birra. Quando sono tornati, il vitello era sparito. Al suo posto avevano attaccato il vitello più malandato di tutta la regione, nessuno lo voleva, neanche in regalo. Hanno dovuto portarselo a casa. Tutto il paese ha riso di loro e, per giorni e giorni, sono andati avanti a raccontarsi la storia dandosi pacche sulle cosce, perché qui da noi i polacchi non sono benvoluti, non assomigliano agli altri con i loro capelli color avena matura, soprattutto se hanno dei bei vitelli. Ecco come funziona, qui da noi. In ogni caso non ho detto niente e ho fatto bene. Mia madre sarebbe stata capace di non volermi più dare la sua tacchinella.

« Insomma » ha detto. « Domani metto la tacchinella nella cesta così la porti alla maestra. Ne ho giusto una che non ha mai fatto nemmeno un uovo, mai. È sempre in calore, corre dietro ai maschi e non fa le uova. Vale a dire che tutto quello che si è mangiata l'ha tenuto per sé, del resto è così grassa che non riesce più a sollevare la pancia da terra. Ecco qui. Tu dai la tacchinella alla maestra e le spieghi tutto per bene, che la vasca, se vuole, gliela possiamo riparare, e possiamo perfino prestarle la bicicletta per le vacanze se ha tanta paura dei treni. A quel punto, mi stupirei che non te la desse, la licenza ».

Nessuno ha detto più niente. Ho stirato il vestito e sono andata a fare due passi nel crepuscolo lattiginoso. Mia sorella mi seguiva a distanza. Era una notte così mite.

L'indomani mi sono svegliata prestissimo. Mi sono ricordata dell'esame e ho pensato che potevo dire, come le mie compagne di classe quando la maestra ci chiede di parlarle del Natale: Finalmente arrivò il grande giorno tanto atteso, solo che quello che aspettavo io con impazienza non era il giorno dell'esame bensì il successivo, il primo giorno senza più scuola, senza più nessuna maestra a darmi della stupida o peggio, e mai una volta che io possa rispondere. Allora, pensando a quelle cose tristi, ho promesso a me stessa che di ritorno dall'esame sarei andata a buttare tutti i quaderni nel vecchio pozzo accanto alla siepe, pieno di acque inquiete, di lumache annegate ormai tutte nere e gonfie, povere lumache, lo so perché in estate usiamo quell'acqua per innaffiare gli ortaggi e dopo a me passa la voglia di mangiarli. Per di più, un pomeriggio in cui ci stavo mettendo troppo tempo a spazzare l'aula e la maestra mi ha dato della lumaca, mi sono ricordata di quelle del pozzo e le ho chiesto se le lumache avevano i polmoni perché è davvero ingiusto veder annegare animali come le chiocciole e le lumache che stanno così bene quando piove. Per un attimo la maestra è rimasta ferma immobile come se le avessi rovesciato addosso un mucchio di parolacce, poi è diventata paonazza. Allora ho subito cercato di parlare delle lumache morte del pozzo, capire è importante, ma lei ha gridato fortissimo che ero un'insolente, che meritavo una punizione, che per quindici giorni mi sarei occupata della legna e di spazzare i pavimenti, così imparavo, e allora non ho più parlato, è impossibile parlare con una maestra arrabbiata che ti prende a pesci in faccia.

Quando sono andata in cucina, mia madre ha detto: «Torna a letto».

Ma mi ha dato il caffellatte, che lascia sempre sobbollire a lungo sulle braci accanto al fuoco, e un po' di pane. Ho mangiato e poi ho aspettato, con la testa in fiamme. Quindi sono scesa al ruscello a lavarmi. Mi sono sdraiata nell'acqua gelida e mi sono divertita a spruzzarmi dappertutto, a lungo, con il sole che spandeva fra i rami le sue chiazze dorate. Ho pensato che uno poteva passare tutta la vita in un ruscello ed essere tranquillamente felice, che avrei dovuto imparare a nuotare. Mi sono insaponata per bene, era parecchio che non mi lavavo, mi sono sciacquata lasciando scorrere l'acqua su di me e mi sono asciugata con uno di quegli strofinacci ruvidi, ricavati da vecchie lenzuola, che tirano via la pelle sporca.

Sono risalita verso casa tutta fresca e quasi leggera.

Mia madre mi ha sgridata perché avevo i capelli fradici, potevo prendermi un malanno, e oltretutto rischiavo di fare tardi. Mi sono preparata in fretta e furia con il vestito e le scarpe della domenica. Mia madre mi ha dato la cesta di vimini con la tacchinella. Ci ho messo dentro i miei strumenti di lavoro, come li chiama la maestra, avvolti ben bene in un pezzo di carta per evitare che si sporcassero, il pollame è sporco, non c'è niente da fare. La tacchinella ci entrava appena nella cesta, era tutta schiacciata, povera bestia, e stava zitta per la paura.

Quando mi sono avviata, mio padre, mia madre e mia sorella, in piedi davanti a casa, sono rimasti a guardarmi in silenzio. Mia sorella non faceva nemmeno, come al solito, la brutta strega invidiosa, e dire che avrebbe dovuto aiutare il papà a falciare l'erba del prato e non le piace affatto. Forse capiva che in un giorno come quello era meglio stare zitta. Vedendoli tutti così, mio padre, mia madre e mia sorella, mi sono detta che magari, chissà, ce l'avrei fatta, a prendere la licenza.

E ce ne siamo andate, io lungo il sentiero fra le siepi, contenta di essere tutta pulita nel mio bel vestito azzurro con i grappoli e i viticci, la tacchinella nella cesta che dondolavo avanti e indietro, e di tanto in tanto lei si dimenava un po', credo per trovare una posizione migliore, non era abituata a stare così rinchiusa e compressa. Mi dicevo che, grazie a lei, forse sarei stata promossa, magari con il voto più basso della circoscrizione, ma che importanza aveva. C'era il sole, un sole ancora un po' aranciato che si riversava sulla rugiada, la rugiada che evaporava in veli leggeri, le ombre già azzurre.

Ho deciso di andare in paese passando per una strada secondaria così non rischiavo di incontrare quella brutta bugiarda di Susette, agghindata a festa ancora più di me, e la sua vecchia bicicletta inutile. La strada secondaria è anche più corta, ho pensato, e potrei approfittarne per mangiare i petali rosa dei fiori di cotogno e raccogliere le mele di San Giovanni nella vigna di Pirlotto. Lo chiamiamo Pirlotto perché si chiama Pierrot. Oltre alla tacchinella avrei portato alla maestra delle mele, di sicuro le avrebbe fatto piacere. Tanto Pirlotto non poteva vedermi, la sua fattoria è giù in fondo alla vigna, e anche se mi vedeva, il tempo di arrivare fin quassù e io, la tacchinella e le mele saremmo già state lontane.

Quindi ho imboccato la strada secondaria e, così, camminando sotto il sole e dondolando la cesta avanti e indietro, sono arrivata al melo della vigna. La terra era ancora tutta umida di rugiada. Ho posato la cesta all'ombra e ho raccolto le mele più belle, quelle di un verde cremoso quasi bianco, punteggiate di verde scuro, e ne ho fatto un mucchietto. I problemi sono cominciati quando ho dovuto decidere come portarle. Se sollevavo la gonna e le tenevo nel grembo, rischiavo di sporcarla e sgualcirla. Restava la cesta. Ma la tacchinella poteva beccarle e, col becco vorace che ha, mi sarei ritrovata con delle mele bucherellate come alveari o addirittura dei torsoli, a meno di non piazzarle dalla parte della coda e allora, tutt'al più, le avrebbe sporcate, il che non era poi così grave.

Mi sono accovacciata e ho iniziato ad aprire con cautela il coperchio della cesta. La tacchinella se ne stava zitta zitta. Mi sono detta che l'avevo fatta dondolare così tanto che forse dormiva. A quel punto è successo tutto in un lampo. Non appena ho sollevato un po' il coperchio, lei è schizzata fuori con una violenza tale da scaraventare me e il coperchio per terra, dopodiché se ne è scappata starnazzando giù per la vigna. Correva come una forsennata, saltando da un filare all'altro, tirando su le lunghe zampe gracili dalle dita adunche, battendo l'aria con le ali aperte verso il cielo per aiutarsi, una vera strega con la mantella nera. Lanciava certe strida acute e prolungate, come disperate invocazioni. Subito, dalla fattoria di Pirlotto, hanno risposto, fitte e lunghe, altre strida simili alle sue, e mi sono ricordata dell'allevamento di tacchini. Speriamo che siano rinchiusi, ho detto, altrimenti addio tacchinella e addio licenza, neanche col voto più basso della circoscrizione.

Ho mollato la cesta e le mele e mi sono messa a correre a perdifiato attraverso la vigna, come la tacchinella, saltando da un filare all'altro nella terra umida, e inciampavo nelle zolle e ricominciavo a correre, e alla fine sono arrivata anch'io giù come una matta, piena di terra, con la testa e il vestito della domenica ridotti un disastro. Dentro la recinzione i tacchini facevano con le loro strida un concerto che dava la pelle d'oca, tutti arruffati, con la schiena arcuata, le ali spiegate e la coda a ventaglio, accalcati contro la rete metallica, dei veri diavoli. La mia tacchinella girava intorno al recinto, ora chiamando, ora beccando con violenza la rete per entrare. Voleva a tutti i costi raggiungere i tacchini, mia madre aveva ragione, quella bestia era davvero fissata. L'ho inseguita tutto intorno al recinto ma lei correva molto più veloce di me con quelle grandi zampe secche, ed ecco che, all'improvviso, è apparso Pirlotto con il suo cane furioso.

«Allora,» ha gridato con le mani sui fianchi «cos'è che vuoi dai miei tacchini?».

«Io niente» ho detto. «È la mia tacchinella che è scappata» e ho indicato con il dito la piccola tacchinella matta.

«Cavolo,» ha detto guardandola ammirato «ne ha di voglia, quella».

«Non lo so,» ho detto «ma devo acchiapparla. Devo portarla alla maestra e all'ispettore, così festeggeranno l'esame di licenza».

E mi sono rimessa a correre. Pirlotto non mi piace.

«Ad ogni modo» ha detto ridendo «quella non ha nessuna intenzione di farsi mangiare!».

Per un po' è rimasto accanto al cane che abbaiava, a guardarmi correre dietro al mio pennuto, poi è andato a chiudere il cane e a prendere un bastone. Ha iniziato a correre anche lui attorno alla recinzione nel senso opposto al mio e siamo riusciti a intrappolare la tacchinella in un cespuglio di rovi, e lei saltava starnazzando disperata, si dibatteva e tutti i tacchini strillavano e saltavano dall'altra parte della rete.

«Dannate femmine» ha detto Pirlotto. «C'è un solo modo per averle in pugno».

E le ha dato una gran bastonata in testa. Davanti alla piccola tacchinella matta, inerte a terra, è calato il silenzio, perfino i tacchini si sono zittiti e sono rimasti a guardare, con la testa rossa inclinata di lato. Ho gridato:

«Mi serviva viva, viva! Adesso che faccio?».

«Niente» ha detto lui. «Tanto bisognava ammazzarla per mangiarla. Quindi».

«Questo è vero» ho detto.

E mi sono calmata.

Mi sono messa sotto il braccio la tacchinella e senza dire né arrivederci né niente ho iniziato a correre verso il paese. Doveva essere già tardi, di sicuro tutti gli altri alunni della circoscrizione avevano cominciato a sostenere l'esame di licenza, e la maestra ci aveva appunto raccomandato di arrivare puntuali. Non c'era tempo per tornare nella vigna a prendere la cesta, le mele di San Giovanni e il materiale scolastico. Speriamo che aspettino un po', ho pensato.

E poi non ho più pensato, perché la tacchinella sanguinava dal naso e dal becco e il sangue mi gocciolava sul vestito. Ho dovuto fermarmi, pulire la testa della piccola tacchinella nell'erba del terrapieno, asciugare con delle foglie il sangue sul vestito, ed è venuta fuori una macchia nerastra ancora più brutta. Mi sono tolta le scarpe e le ho pulite un po' con un bastoncino, e pure i piedi, le mani, le guance, ma non è servito a molto. All'improvviso mi è sembrato tutto così terribile che mi è passata la voglia. Ho smesso di correre, mi sono presa tranquillamente il tempo di rubare degli iris celesti al margine del giardino della peggior vipera del paese, ben le stava, anche a lei.

E poi alla fine ho attraversato il paese a tutta velocità, sporca e scarmigliata, con la tacchinella morta sotto il braccio, gli iris in mano, senza neanche guardare tutte quelle donne nere immobili sui marciapiedi. Arrivata al portone della scuola non ne potevo più.

Sono entrata nell'aula d'esame senza nemmeno bussare. Gli alunni che stavano facendo il compito in silenzio si sono voltati tutti insieme e sono rimasti a guardarmi come degli scemi. I maestri, le maestre e l'ispettore si sono raddrizzati di scatto sulle loro sedie tranquille. Subito mi è venuta voglia di buttare tutto a terra, la tacchinella morta e gli iris già appassiti, e di mettermi a piangere, mi piace piangere e poi era davvero tutto così terribile. Ma all'improvviso a tutti gli alunni è presa la ridarella e anch'io ho cercato di ridere e la maestra è venuta da me tutta rigida, mi ha spinta fuori e ha chiuso la porta.

« È questa l'ora di arrivare? E in questo stato, per giunta? ».

Mi ha esaminata lentamente da cima a fondo, persino la faccia, e poi, con calma, mi ha dato un gran ceffone.

« Sei ancora più stupida di quanto credessi » ha detto.

« È colpa della tacchinella » ho spiegato. « L'avevo portata per lei, ma mi è scappata per via delle mele e dei tacchini di Pirlotto e lui le ha dato un colpo in testa, e adesso è morta, ma io devo prenderla, la licenza, lo ha detto mia madre ».

La maestra si è irrigidita ancora di più.

« La licenza? » ha detto. « Ma se l'esame è iniziato da più di un'ora! ».

« Non importa » ho detto io. « Posso provarci lo stesso, magari recupero ».

« Ah, no » ha risposto. « Quando si arriva in ritardo, non c'è niente da fare ».

« Allora, » ho chiesto « non posso più entrare? ».

« No » ha detto. « È troppo tardi. Peggio per te. E il bello è che avresti potuto prenderla, la licenza ».

Ho aspettato un po' per vedere se cambiava idea e mi lasciava entrare. Ma lei, indicando la tacchinella, ha detto soltanto:

« Nel frattempo vado a metterla nell'altra aula ».

L'ho guardata dritto negli occhi, riflettendo bene su tutto. Ho pensato: non crederà mica di potermi dare un gran ceffone, cacciare dall'esame e in più tenersi la tacchinella. Allora, senza dire niente, le ho voltato le spalle e me ne sono andata con la tacchinella sotto il braccio e i fiori appassiti in mano.

Ho vagato tutto il giorno per la campagna. Era così bello, il tempo, e non avevo davvero nessuna fretta. Sono andata sul terrapieno lungo la strada per vedere se quella disgraziata di Susette mi aveva portato delle fragole per la torta. Ma niente. C'era da scommettere che l'avrebbe presa, la licenza, quella bugiarda. Ma non me ne importava niente, il figlio del polacco mica ce l'aveva.

Verso sera sono tornata a recuperare la cesta e le mele e mi sono incamminata lentamente verso casa. Passando vicino alla siepe del vecchio pozzo, mi sono fermata a guardare le acque inquiete e le lumache morte. Ho guardato per un po'. Poi ho buttato nell'acqua scura la piccola tacchinella morta e i vecchi fiori appassiti.

La ragazzina in azzurro

Qui, in mezzo alle terre, c'è la casa. Ci vivo con mia madre, mio padre e le mie due sorelle, una grande e una piccola. Accanto, ma separata da un passaggio, c'è la stalla con le cinque mucche di mio padre e la mia cagna. Dietro la stalla, affacciati sulla bassa corte, vivono i conigli, i polli e il maiale di mia madre, ognuno nella sua casupola. Ovunque ci sono i gatti.

I gatti non si sa quanti sono, di loro non ci occupiamo. Certuni scompaiono, altri compaiono. Dormono e mangiano dove possono, nel granaio o nel fienile, nella campagna o nei boschi, mai dentro casa. Mio padre dice che non è posto per loro e che, in cinque, siamo già belli stretti, soprattutto intorno al fuoco.

Anche la cagna sta dove vuole ma a lei diamo da mangiare perché è utile e perché, se no, divorerebbe le uova o le galline. Aiuta a badare alle mucche. Abbaia per avvisarci ogni volta che passa uno sconosciuto, uomo o animale che sia. A noi non piacciono gli sconosciuti. Abbaia anche per avvisarci se capita un evento straordinario: il maiale che scappa dal porcile e si rotola nel letame o fa fuori una gallina, le beccate che si danno le anatre, o il gallo e il tacchino, il volo paziente, quasi immobile, della poiana o del nibbio che spia la sua preda, un anatroccolo, un pulcino, un toporagno o qualcos'altro. Ha un modo di abbaiare diverso per ciascuno di questi fatti preoccupanti. Il che torna comodo, così sappiamo prima ancora di uscire che cosa dovremo affrontare. La mamma e il papà dicono che la nostra cagna sarebbe una brava bestia se solo non facesse tanti cuccioli, dai tredici ai quindici per volta.

Davanti c'è il cortile, con da un lato la stalla e la tettoia aperta, dall'altro la casa e dagli altri due lati niente, solo i campi e le vigne. Intorno, un po' a casaccio, crescono degli alberi. Un grande ippocastano, al quale appendiamo una corda per dondolarci quando il papà non c'è, anche se poi torna sempre troppo presto e grida, non vuole che sprechiamo le corde. Il pero, con i suoi rami scuri e contorti, che fa delle pere dure e quasi amare. Fiorito è bellissimo, nero ammantato da una nuvola bianca, come fosse a mezzo lutto, dice la mamma. Sul ciliegio le ciliegie non maturano mai, le mangiamo tutte ancora acerbe, di nascosto. Il papà dice che un giorno sradicherà quell'albero che ci riempie la pancia di vermi, che non fa mai una ciliegia buona e che, per di più, è brutto. Mio padre minaccia sempre di sradicare gli alberi.

Un po' discosto dal cortile, un guazzabuglio di lillà violacei e di viti selvatiche che si arrampicano sul grosso melo dalle mele verdi succose delimita uno stagno senza rane, con le acque immobili coperte da una spessa bava verde e viscida. Più in là, i campi.

Fra la casa, la stalla e il pozzo mio padre ha piantato a spalliera un ceppo di vite italiana, diventata immensa. I suoi tralci serpeggiano infiniti lungo i fili di ferro che si irradiano fino ai due tetti e al pozzo. In inverno sembra un gigantesco ombrello malandato con le stecche sottili e storte, in estate un magnifico parasole di foglie verdi punteggiate da esili raggi di sole, in autunno un grande albero dai frutti violacei. Allora crepita di nugoli di api, vespe, enormi calabroni. Mia madre si inventa delle trappole contro tutti quei pericolosi succhiatori d'uva. Mette qualche cucchiaio di marmellata dentro vecchie scatole di conserva, le appende qua e là sotto il pergolato. Gli insetti si avventano sulle trappole, aspirano, restano invischiati, muoiono emettendo un lievissimo lamento continuo.

Il mondo esterno comincia oltre la bassa corte e il pergolato. Una folta siepe ci protegge dal viottolo che collega una strada asfaltata a un'altra, scavalcando il ruscello dove finisce il nostro terreno. È una strada di tutti ma solo pochi la imboccano. A noi è proibito andarci, porta in altri posti. Non appena la cagna, con la pancia a terra e la testa all'insù, si mette a fare grrr, scoprendo i lunghi denti bianchi e bavosi, io e le mie sorelle accorriamo. Riparate dalla siepe guardiamo, ciascuna da un buco, chi è il pazzo che sta passando per quella strada nei pressi di casa nostra. Quando lo sconosciuto è abbastanza lontano, usciamo dalla siepe, la cagna ci viene vicino e abbaia trionfante. Guardiamo senza paura il tizio che fugge lontano senza voltarsi indietro. Tornano la calma, il silenzio, l'abbandono.

La siepe è formata da grandi alberi, da arbusti di varia altezza e quasi sempre inframmezzati da rovi. Dal lato del ruscello i pioppi salgono dritti fino al cielo, esili come fusi. Avvinghiate ai tronchi, le viti selvatiche si arrampicano su in alto per guardare a loro volta la luce. In cima a ogni pioppo le gazze costruiscono nidi solitari, uno solo per albero, nidi ispidi con lunghi rametti che fuoriescono da ogni parte, dove non vien voglia né di nascere né di vivere. Io e le mie sorelle ci arrampichiamo fino ai nidi, su in alto, per vedere i piccoli. Il più delle volte ce ne sono due per nido, tutti glabri se non fosse per una rada lanugine e lunghi peli gialli. Strillano con una sgradevole voce roca spalancando la bocca quasi senza becco. Li tocchiamo, tocchiamo l'interno del nido, tutto morbido e caldo. Ci diciamo che forse le gazze, che sono buone madri, costruiscono nidi così disordinati per scoraggiare i ladri di uccelli.

Nella siepe le acacie sono irte di spine nere come diavoli. Ne cogliamo le foglie per i conigli. In primavera i loro grappoli di fiori profumano di miele il vento che passa e va a perdersi in altri posti. Li mettiamo nelle frittelle che mangiamo la sera, accanto al fuoco. I rami storti dei meli selvatici sono ammantati da nuvole di fiori rosa, poi, più avanti, da una fitta picchiettatura di piccole mele rosse. Ci sono molti altri arbusti e alberi, soprattutto ci sono i cinque olmi subito dietro la stalla. Se mi sdraio ai loro piedi, sembrano neri. Il cielo corre fra i rami, le nuvole bianche li ricoprono di neve, il bagliore del sole li adorna di lustrini. Gli alberi e il cielo girano.

L'edera si inerpica sui tronchi, addensandosi in enormi mazzi scuri. D'inverno diventano il regno dei merli. Mio padre si siede vicino alla siepe. Con il richiamo che si è costruito usando i bossoli di due cartucce se ne sta lì a fischiare, li imita, è bello. I merli si posano intorno a lui e rispondono.

Ci arrampichiamo sull'edera pelosa poi fino in cima agli olmi, dove si può toccare il cielo. Giochiamo, ciascuna sul suo albero, a chi riesce a vedere più lontano, oltre la collina, i ruscelli, le valli, le altre colline, i fiumi, i monti persi nella luce bianca del sole, i lunghi corsi d'acqua e altro ancora finché non finisce la terra, poi, andando ancora più avanti, si cade negli oceani che divorano tutto e scaraventano qua e là, con violenza, le loro alte onde ondivaghe. Restiamo nell'incavo dei rami cullati dal vento che parla di profumi lontani. Giù in basso, in lontananza, spunta la mamma. Grida:

« Scendete, scendete, se no gli alberi cadono, il vento vi porta via ».

Ci chiama e ci richiama. Alla fine scendo, con la testa molle di vento, anche la grande scende, la piccola resta in cima al suo albero. Le gridiamo tutti che deve scendere, io, il papà, la mamma, la grande. Lei non scende. Per un bel pezzo.

Poi, spuntando fuori dal malva tenue dell'aria della sera, ecco che ritorna, leggera leggera. Inveiamo contro di lei e il suo viso lontano. Lei dice:

« Ero un uccello ».

Non appena possiamo, io e la più grande picchiamo la piccola perché la smetta di essere un uccello. Lei non piange, risale sul suo albero, ascolta il vento fra le nuvole e le stelle di sole. Di sera scende, come effimera nei suoi vestiti troppo ampi. Non inveiamo più, non la picchiamo più. La colpa è dei grandi olmi sognatori.

Dietro la casa mia madre ha sistemato un giardinetto fiorito. Al centro, la tamerice nel suo lieve velo rosa e verde culla i gracili, fragili rami. Mia madre semina o pianta i fiori, a seconda di quello che trova o che ruba, in qualunque stagione. Dice:

« Se vogliono, vivranno ».

I fiori vivono, fioriscono, in un miscuglio di dimensioni, colori, profumi.

Oltre il giardino, il grande prato dove bado alle cinque mucche – quattro rossicce con ampie corna aperte, le garonnesi, una bianca e nera con piccole corna ricurve, la bretone – scende dolcemente verso il ruscello. In ogni momento dell'anno è irto di alte cicorie selvatiche con i loro fiori dell'azzurro violaceo delle albe chiare. È chiuso da due siepi, quella che costeggia il viottolo e quella che segna il confine con il prato di un vicino. In fondo scorre l'acqua del ruscello, ora imperlata, ora liscia, la cui frescura è protetta dai giunchi arancioni e dai sambuchi con i loro grappoli rossi ombrellati. In riva all'acqua è tutto un intrico di calle, iris, menta, e le libellule si rincorrono.

Un piccolo ponte scavalca il ruscello. Noi abbiamo il permesso di andare al ruscello e sotto il ponte a lavarci, giocare, fare i mulini ad acqua, come ci ha insegnato il papà. Possiamo risalire il corso d'acqua in cerca della sorgente nascosta da cui ha origine. Anche se non l'abbiamo ancora trovata perché, in certi punti, alla mia sorellina che è ancora minuscola l'acqua arriva fino al mento e mia madre non vuole che anneghi.

Ci è invece assolutamente proibito oltrepassare il ponte. Al di là, le terre sono due volte straniere. Innanzitutto appartengono a un altro comune che dalle nostre parti nessuno conosce. E poi sono di proprietà dei francesi che hanno la casa a mezza costa sulla collina di fronte alla nostra. Dai francesi non si va. Mi dispiace per via della grande palma che hanno davanti a casa, dei cedri calmi sul retro e dell'enorme boschetto di bambù sul lato, noi queste cose non le abbiamo. Mio padre dice che non ci vogliono. Io non lo so. Vorrei solo vedere da vicino gli alberi e la luce del cielo quando ci si sdraia sotto.

Ci è proibito anche oltrepassare la siepe di biancospino che separa il nostro grande prato dal grande prato dei vicini. Sono degli stranieri ancora più stranieri degli altri. Sono russi e polacchi. Mio padre dice che i francesi sono degli stranieri che stanno a casa loro, mentre gli altri sono degli stranieri venuti da altri posti, da molto lontano, e quando parlano li capiamo ancora di meno. A me non importa. Quando qualcuno mi parla non ascolto quasi mai. Non voglio che mi parlino.

Dalla nostra casa si vede la loro casa, che è in cima alla stessa collina incolta su cui noi siamo a mezza costa. La loro casa è bassissima, come appiattita al suolo. Ma hanno una vecchia quercia enorme e soprattutto un'alta piccionaia appuntita piena di piccioni che entrano ed escono quando gli pare da buchi fatti apposta per quello. Mi piacciono molto le piccionaie e gli uccelli che spiccano il volo in lontananza, anche se mio padre gli spara quando scendono in picchiata sui nostri campi. Il fatto è che mio padre e il vicino ce l'hanno a morte l'uno con l'altro, senza una vera ragione, credo. Di tanto in tanto, quando il lavoro glielo permette e sono tutti e due soli, a lavorare nella loro vigna, si tirano su e, con le mani appoggiate a un tutore, si gridano con voce squillante un sacco di cose violente, probabilmente parolacce, l'uno in russo, l'altro in italiano. E vanno avanti per tutto il tempo in cui si riposano. Dopodiché la smettono e lavorano. Poi, a ogni pausa, ricominciano, probabilmente sempre senza ragione perché nel frattempo non è successo niente, forse per puro piacere. Io e le mie sorelle contiamo con dei bastoncini quante parolacce dice ognuno di loro, per sapere chi ha vinto.

Quando torna a mangiare mio padre sembra sempre infuriato. Grida che il vicino si dà un sacco di arie e lo insulta attraverso i campi, che lui, il russo, e lei, la polacca, dovrebbero proprio star zitti perché sono ancora più poveri e più stranieri di noi, quindi hanno meno diritti. Dice così, mio padre, quando è arrabbiato. In più racconta che il russo non è un vero contadino, tant'è che quando è arrivato non sapeva nemmeno come e quando bisognava fare i lavori nei campi, guardava gli altri e poi faceva lo stesso, sicché era sempre in ritardo di qualche giorno. In realtà, prima, faceva il marinaio, lo dicono tutti. E che cos'è un marinaio? È uno che passa il tempo a navigare sull'acqua, salata per giunta, uno che non ha nemmeno un pugno di terra con cui coprirsi gli occhi da morto. E allora che fine fanno, i marinai, quando muoiono? Li buttano nell'oceano. Dopodiché se li mangiano i pesci, chi altro li vorrebbe, in tutta quell'acqua amara. Perciò non possono nemmeno riposare in pace in fondo al mare, come chiunque, perfino l'uomo più cattivo del mondo, si merita. Ecco com'è, una morte da marinaio, ed ecco che vita ha fatto il nostro vicino russo, prima di venire qui. Fra l'altro doveva essere davvero povero, questo marinaio, per venire a coltivare un mucchio di sassi, accanto al nostro mucchio di sassi, noi almeno abbiamo l'acqua corrente del ruscello, che è una ricchezza. Lui, davanti a casa, ha giusto uno stagno, pieno di canne e di bava verde. Proprio così.

Mia madre sta zitta. Anche io e le mie sorelle.

Mio padre non vuole che si stia zitti. Quindi, il più delle volte, continua.

«E ti dirò. Passi pure che non parlino né l'italiano né il francese. Dopotutto sono nati molto lontano da qui, dove queste parlate non le conosce nessuno. Forse vengono dalla Siberia, mio nonno parlava spesso della Siberia. Leggeva molti libri, lui, e sapeva tutto del mondo. Era un grand'uomo, mio nonno».

« Ce l'hai già raccontato » dice mia madre.

« Sì » dice mio padre. « Lo ridico perché le bambine sappiano che non siamo stati sempre degli stranieri poveri che si ostinano a cercare di vivere su queste terre senza pietà. Ecco perché lo ripeto ».

« Ogni volta che ne parli, ti ascoltiamo come se stessi dicendo messa, altrimenti vai su tutte le furie. Vuoi che non lo sappiamo? ».

« Le bambine non hanno parenti qui. Dobbiamo raccontargli le cose degli altri posti e dei vecchi di un tempo. E dobbiamo raccontarle spesso, se no se ne dimenticano ».

« A volte è meglio dimenticare » dice la mamma. « I ricordi non sono sempre buoni ».

« In ogni caso, se questo russo viene davvero dalla Siberia non lo sappiamo, ma quel che è certo è che viene dagli oceani. Non ci sono chiese sulle navi quindi non è un cristiano come noi e i francesi. Tu per caso l'hai visto a messa? Io mai ».

« Per forza, tu non ci vai mai, a messa! Come avresti potuto vederlo? ».

« Andavo a messa ogni volta che veniva il prete italiano. Adesso non viene più. Perciò andrò a messa quando capirò il francese, per incontrare gli altri davanti alla chiesa e in piazza, e mettermi il vestito della domenica come tutti quanti ».

« Il russo e la polacca sono come te. Non capiscono il francese. Quindi perché dovrebbero andare a messa, se tu non ci vai? ».

« Secondo me non sono cristiani, come i turchi e gli arabi. E scommetto che non hanno nemmeno il vestito della domenica. Tant'è che non li si vede mai alle feste in paese, né al bar, né niente. Te l'ho detto, sono ancora più poveri di noi. Come si fa a rispettarli? ».

La mamma si alza ed esce. Il papà dice qualche parolaccia e se ne va via.

Noi restiamo lì. Non capiamo tutto quello che dicono ma a furia di ascoltare quelle cose, sempre le stesse, le sappiamo a memoria. Ce ne stiamo zitte per la tristezza e poi ce ne andiamo al sole.

Tutti i pomeriggi bado alle mucche nel prato. Al di là della siepe di biancospino, una delle figlie dei vicini russo-polacchi bada alle sue. La spio attraverso i buchi della siepe. È più grande di me, avrà almeno dieci anni.

Un giorno spunta fuori dalla siepe una delle sue mucche. Ho una gran paura perché è una mucca che non conosco. Mi alzo per scappare via ma ecco che arriva anche la ragazzina con il suo cane. Guardo. Riporta la mucca dall'altra parte. Poi torna e parla accarezzandomi i capelli. Io non capisco. Parlo anch'io, lei non capisce. Non importa.

I giorni successivi vado a trovarla passando attraverso un buco tra i biancospini. All'inizio me ne sto accovacciata a una certa distanza e guardo bene ogni cosa, ogni angolo di quella terra altrui. Guardo anche la ragazzina russa e polacca che viene da regioni così lontane che nessuno le conosce, dice mio padre. Ha i capelli lunghi e ricci e gli occhi chiari. È a piedi nudi come me. Anche lei mi guarda e io mi rammarico di essere così piccola. Parla e mi indica il posto sull'erba accanto a lei. Corro a controllare che la cagna stia badando bene alle mucche e poi vado a sedermi dove mi ha indicato. Mi metto come lei, con le braccia attorno alle ginocchia raccolte e il bastone posato accanto a me. Guardo. Lei si mette a cantare delle belle canzoni dolci e tristi. Quando mio padre chiama, vado via in fretta e furia. A casa nessuno dice niente.

Un altro giorno torno a trovarla e mi siedo vicino a lei. Ha con sé una manciata di giunchi. Intreccia dei cestini, una culla, una sedia, tutti minuscoli. Li posa davanti a me. Rido di gioia. Non parliamo. Un altro giorno le vado vicino. Ho il grembiule pieno di nocciole, una pietra e un sasso. Poso tutto davanti a lei. Mangiamo le nocciole. Mi indica il suo cane e dice: Folette, poi ogni mucca, e dice: Mignonne, Marquise, Diali... Ogni volta ripeto lentamente quello che dice. Trovo che le sue mucche siano molto più belle delle mie che si chiamano la Rossa, la Bianca, la Nera, nomi così. La sua cagna Folette, tutta d'oro brunito, mi fa pensare al vento che parla con gli alberi, alle farfalle setose, alle piogge di petali della primavera. La mia, tutta scura, si chiama Lulù. Ha paura degli altri cani, dei temporali, delle cornate. Quando ha paura, si mette pancia a terra, con la coda e le orecchie basse, striscia fino alla siepe o fino a me e nasconde la testa. Di tanto in tanto caccia fuori il naso freddo, apre gli occhi dorati e poi, svelta, si nasconde di nuovo.

Altre volte la ragazzina intreccia corone di fiori, una per me, una per lei. Ci adorniamo di tralci di vitalba dal profumo di vaniglia, lei canta e balliamo sull'erba, con le mani sui fianchi, sollevando in alto le gambe davanti a noi. Mi sforzo di imitarla ma a volte cado. Allora ridiamo e ricominciamo a ballare. Altre volte ancora le tocco i capelli color avena matura, mi attorciglio i suoi riccioli attorno alle dita. Con le canne di bambù costruiamo delle casupole e giochiamo alle signore. Allora parliamo e non ci capiamo. Ma non importa. Non è indispensabile.

E poi le noci, con i loro gusci schiusi pieni di crepe, cominciano a cadere, i grappoli d'uva sul pergolato e nella vigna si appesantiscono, illividiscono e il vento che passa porta lontano, oltre le colline, oltre tutti i fiumi, il loro profumo di miele.

Un giorno mia madre si mette il vestito della domenica, prende tutti i documenti importanti della famiglia, li avvolge per bene in un foglio di giornale. Ci chiama tutte e tre a raccolta. Ci dice con il tono delle grandi occasioni di non toccare niente in casa, di non giocare vicino agli stagni, al pozzo, al ruscello e al viottolo. Che noi due più grandi non dobbiamo perdere di vista la piccola. E, soprattutto, che nessuna si azzardi ad arrampicarsi sugli alberi se no li farà abbattere tutti. Restiamo molto impressionate. Di solito è il papà che parla di tagliare gli alberi e la mamma dice di no decisa, gli alberi le piacciono, noi siamo tutte dalla sua parte. Poi ci abbraccia forte forte. Se ne va senza voltarsi, con i preziosi documenti in tasca, un fazzoletto in testa, un bilanciere ben sistemato dietro la nuca con due sporte appese, una a ogni estremità. In una delle sporte ci sono le scarpe dei giorni di festa che le fanno male. Le indosserà subito prima di entrare in paese. Fin là camminerà, meglio e più svelta, con le ciabatte che si sono adattate ai suoi piedi.

Il cortile è vuoto. Restiamo per un bel pezzo davanti a casa a guardare nella direzione in cui si è allontanata, a pensare al viottolo dove potrebbe passare qualche sconosciuto. Non ho idea di che cosa possa mai fare uno sconosciuto che passa per il viottolo proibito. So soltanto che noi non ci dobbiamo andare. Cominciamo ad aspettare la mamma. Il papà è andato lontano, nei campi, quando lei esce si arrabbia e, oggi, non può neanche imprecare contro il vicino russo, le vigne sono alte e frondose, bisogna rispettare l'uva quasi matura. Fra l'altro il vicino non è nella sua vigna. Restiamo lì per un bel pezzo ad aspettare, poi a riflettere su che cosa potremmo fare che non sia proibito. Finalmente alla piccola viene un'idea:

«Potremmo andare in cerca di uova nella paglia e nel fieno. Conosco tutti i nidi. La mamma mi porta quasi sempre con lei quando lo fa».

Prendiamo il vecchio cestino rotondo per l'insalata, un po' rovinato, che ora usiamo per le uova, e andiamo nella stalla. Non ci si vede benissimo ma respiriamo, contente, l'odore caldo della paglia, dei fiori di fieno, del latte, della traspirazione. La piccola avanza con il passo grave di un condottiero verso gli angoli più riposti. Qua e là troviamo qualche uovo, per il resto nei nidi ci sono le galline, ci allontaniamo in silenzio. Poi la piccola, saltellando leggera, si inerpica sul mucchio di paglia. Si ferma davanti a una cavità tra i fastelli. Punta il dito e dice:

«Là in fondo!».

Ho paura che cada, che non la ritroveremo mai più, minuscola com'è. Ci spiega:

«Dovete tenermi ben stretta per i piedi come fa la mamma».

E subito si inginocchia sul bordo della cavità buia. Poso alla svelta il cestino, afferro un piede con le mani, la grande afferra l'altro. La piccola si lancia a capofitto nel buio, con le mani protese. Abbiamo giusto il tempo di vedere la sua gonnellina aprirsi a corolla attorno al culetto nudo, in estate si rifiuta di indossare le mutande, dice che le fanno caldo. Dalla cavità provengono strilli e schiamazzi, i piedi si muovono all'impazzata. Stringiamo forte le caviglie, tiriamo a più non posso, e tiriamo ancora, finché la piccola non esce dalla cavità.

Subito una gallina scatenata sbuca fuori con impeto e scappa via con tutte le piume scompigliate lanciando schiamazzi sempre più acuti. Le galline che se ne stavano negli altri nidi la seguono strillando anche loro, alla stessa velocità folle. Nella bassa corte c'è un gran concerto di polli, e il gallo fa sentire la sua indignazione più forte degli altri. Che stupido, quel gallo color ruggine. Vuole a tutti i costi mettersi in mostra.

La piccola si scrolla di dosso i fili di paglia e le piume nere che ha appiccicate ovunque, si sfrega i graffi, si gratta freneticamente. Ci sediamo. Alla fine dice:

« Era lì in fondo ».

« Stava covando » dico.

« No. Non c'è nemmeno un pulcino ».

Ci alziamo. La piccola vuole andare a esplorare il fienile perché c'è un buon profumo. Allora dico di no. Dico che un giorno una mucca ci è salita, le assi si sono spezzate, l'hanno trovata in ginocchio, con le zampe di dietro imprigionate nei buchi. Dopo sono dovuti andare molto lontano a cercare un altro italiano e suo figlio per toglierla da lì e riportarla giù nella stalla con il paranco. Aveva le zampe conciate malissimo, hanno dovuto curarla per un bel pezzo. Il papà si è arrabbiato un sacco. Nessuno ha mai capito come la mucca fosse riuscita ad arrampicarsi lassù. Io penso che fosse una mucca matta che si credeva un'acrobata.

Niente da fare. La piccola si è fissata con il fieno e l'odore dei fiori di fieno. Vuole salire nel fienile. Mia sorella la trattiene per i capelli, io per le gambe. Lei dà calci e pugni a casaccio. Con un calcio scaglia a terra di colpo il cestino con le uova. Ci calmiamo di botto. Scendiamo. Le uova si sono tutte rotte, naturalmente. In silenzio andiamo a prendere la pala, buttiamo le uova sul mucchio di letame, le copriamo, laviamo il cestino per l'insalata e la pala nell'acqua dell'abbeveratoio, poi li rimettiamo a posto.

Aspettiamo di nuovo nel cortile vuoto davanti a casa, tutte e tre. Andiamo circospette fino al viottolo dove passano gli altri, guardiamo lontano, fra le due siepi. Stiamo un po' lì con la speranza di vederla spuntare in cima alla salita con il bilanciere. Non arriva. Sedute nella polvere, ci chiediamo di nuovo che cosa potremmo fare. All'improvviso la grande si alza e dice:

« E se lavassimo il maiale? È sempre sporco. Potremmo persino cambiargli la lettiera ».

Tutte contente, partiamo in cerca delle vecchie pentole e delle scatole di conserva con cui diamo da bere agli animali. Le riempiamo d'acqua all'abbeveratoio, le posiamo davanti al porcile che dà sulla bassa corte ma sta un po' più in alto, così il colaticcio può defluire. Prendiamo anche il sapone per i piedi e la spugna che sono sempre sulla vera del pozzo, in caso di bisogno. Sentendoci, il maiale grugnisce per la contentezza. Gli diciamo:

« Zitto, Arsène ».

Da noi tutti i maiali si chiamano così e tutti i cani e le cagne si chiamano Lulù. Mio padre dice che è più semplice. A noi figlie, invece, ci ha chiamate ognuna con un nome diverso, non serve a niente ma è d'obbligo e si evitano confusioni.

Il maiale continua a grugnire per la contentezza, le galline ci guardano, con la testa inclinata di lato. I conigli si pigiano in fondo alle gabbie, non ci sono abituati.

La grande corre nell'orto e torna con una grossa barbabietola dalle foglie lunghe e belle verdi. Apriamo la porta del porcile. Il maiale vuole uscire ma mia sorella gli lancia, svelta, la barbabietola, e lui comincia a sgranocchiarla con un rumore ingordo. Entriamo. Decidiamo di cominciare la pulizia dalla groppa. La bagniamo, la insaponiamo, la strofiniamo, il maiale si scrolla giusto un po'. Le setole dure diventano bianche e la pelle cornea tutta rosa. Poi laviamo la metà della pancia che è dalla nostra parte. La piccola si dedica con energia alla coda attorcigliata cercando di raddrizzarla. Sciacquiamo tutto a forza di pentole d'acqua, per poi passare alla testa, alle orecchie e al grugno. Il maiale si lascia bagnare senza tante storie, batte giusto un po' le palpebre per far cadere le gocce attaccate alle ciglia bianche e rade. Poi, non appena cominciamo a insaponargli il muso, caccia dei versi striduli e si lancia verso la porta aperta. Scaglia via con violenza la piccola che vola per aria come un uccello. Io e la grande scivoliamo sull'acqua insaponata, cadiamo nella lettiera sporca. Sentiamo le grida acute del maiale e gli schiamazzi sgomenti dei polli.

«Se li mangerà» dice mia sorella.

Ci mettiamo un po' a rialzarci perché scivoliamo e siamo a piedi nudi. Alla fine, strisciando sul sedere e aiutandoci con le mani, riusciamo a uscire. Anche la piccola sta cercando di tirarsi fuori dal fango del laghetto delle anatre in cui è atterrata. Svelte la aiutiamo.

Il maiale corre in tutte le direzioni come impazzito e urla colpendo con tutte le forze la rete del recinto. I conigli spaventati girano in tondo nelle gabbie, pestando forte le zampe posteriori ed emettendo deboli lamenti. Le galline svolazzano e saltellano dappertutto, schiamazzando, in una nuvola di piume. Il grosso gallo rossiccio apre le ali tutto tronfio, drizza in alto la testa e mostra la sua violenta indignazione. È sempre così stupido, il gallo.

Riempiamo svelte le pentole d'acqua e la buttiamo

sulla testa del maiale come fa la mamma quando abbiamo gli occhi pieni di sapone, li sciacqua a lungo con l'acqua limpida. E in effetti il maiale si calma. Starnutisce due o tre volte ed emette ormai solo dei grugniti soddisfatti frugando per terra in cerca di qualcosa da mangiare. Non era proprio il caso di lavargli il grugno. Ma è buffo con una metà della pancia bella rosa e l'altra tutta marrone di colaticcio e paglia vecchia. Sciacquiamo il porcile perché se si rompe una zampa non la finiranno più di darci bastonate e di ripeterci che siamo delle bambine cattive. Poi lo facciamo tornare dentro adescandolo con una barbabietola. Ci mettiamo un po' perché lui preferisce papparsi una gallina come fa quando riesce a scappare, le mangia alla svelta, con le piume, le ossa e tutto quanto. Sono fatti così, i maiali. Quando è arrabbiata o triste, mia madre dice che è molto più facile volere bene a un maiale, anche stupido e sporco, piuttosto che a certa gente, perché i maiali non pensano, mentre la gente può riflettere, spiega lei, altrimenti che senso ha. Io non lo so.

Usciamo alla svelta dalla bassa corte, mettiamo tutto a posto. Poi ci guardiamo. Siamo tutte e tre in uno stato talmente pietoso, la piccola tutta grigia di fango, io e la grande color colaticcio con disgustosi fili di paglia di lettiera un po' dappertutto, che, di colpo, ci mettiamo a ridere, ridiamo e ridiamo. Poi corriamo al ruscello. Ci buttiamo in acqua, fra le calle, gli iris e la menta piperita, prima tutte vestite poi tutte nude. Ci laviamo, ci rilaviamo dappertutto, anche i capelli, e la corrente porta via tutto lo sporco. Siamo di nuovo rosee e ambrate come prima. Laviamo i vestiti e li stendiamo al sole sul prato. Giochiamo nell'acqua. Scorre limpida sulla minuta graniglia del fondale. Tutto profuma di menta stropicciata. Stiamo bene.

«Io volevo toccare anche i coniglietti,» dice la piccola «quelli che la coniglia tiene nascosti nel nido di pelo».

«Non si può» dice la grande.

«Perché?» dico io.

«Perché, se li tocchi, la madre sente un odore sconosciuto che le fa paura, e allora si mangia tutti i piccoli».

«Perché?» dice la piccola che è seduta, con le ginocchia raccolte sotto il mento, tra le larghe foglie e sotto i fiori bianchi delle calle palustri.

«Perché sì» dice la grande.

«Lo so io» dico. «Perché mangiandoli se li rimette nella pancia, al sicuro da gente come quella che passa per il viottolo e che nessuno conosce. Poi può rifarli in un nido ancora più nascosto».

Smettiamo di parlare. Ci rivestiamo tranne la piccola che vuole stare nuda. È fatta così. Spesso sta tutto il giorno nuda. La mamma ha finito per lasciarle fare quello che vuole.

Corriamo tutte insieme fino a casa evitando le alte cicorie selvatiche e i loro fiori azzurrissimi. Passiamo sotto il fresco violaceo del pergolato e, proprio quando sbuchiamo nel cortile, arriva anche la mamma, dalla direzione opposta, con il bilanciere sulle spalle appesantito dalle borse della spesa. Non appena ci vede, di colpo si ferma, ci guarda l'una dopo l'altra, lentamente, e con il tono basso di quando è stanca dice:

«Che cosa ho fatto di male, in questo schifo di paese straniero, per avere tre figlie così?».

L'allegria cade come una foglia secca. Ci guardiamo. La piccola è nuda e grondante, e i suoi capelli, che di solito formano graziosi riccioletti indorati dal sole, sono ispidi e arruffati come i nidi delle gazze. Il mio vestito e quello della grande, completamente zuppi, ci stanno incollati addosso e sgocciolano lungo le braccia e le gambe. Quanto ai capelli, quelli della grande formano ormai un'unica ciocca, e le spiovono rigidi e negletti sulle spalle. I miei si sono appiccicati alla testa e alla faccia, l'acqua mi entra negli occhi.

«Volevamo fare gli animali acquatici» dice la piccola. «Io ero una rana, saltavo nel ruscello».

«Io facevo l'anguilla,» spiego «nuotavo dappertutto, mi nascondevo sotto le foglie delle ninfee come le bisce d'acqua».

«Io invece ero il pescatore che cade nell'acqua» dice la grande a cui non piacciono né i pesci né gli animali acquatici.

Mia madre ci guarda scuotendo la testa. Va verso casa: «Andate ad asciugarvi al sole».

A tavola racconta:

«Mi ha ricevuta una maestra con le guance tonde e rosa. Era pettinata in un modo strano, io comunque non ho mai visto niente del genere, né qui né in Italia. Si era raccolta i capelli dietro la nuca in una specie di crocchia che le andava da un orecchio all'altro. Nessuno glielo impedisce, sia ben chiaro, ma non stava per niente bene. Insomma. Mi ha sorriso con la bocca ma non con gli occhi. Ho capito subito che non le piacciono gli stranieri, ma se viene in questa casa o anche solo se passa per il viottolo qui accanto è una straniera anche lei».

«Vabbè» ha detto mio padre. «E cos'ha detto, questa donna?».

«Cos'ha detto?» grida mia madre. «Come vuoi che lo sappia? Non capisco una parola della loro lingua, e neanche lei della nostra. Quindi. Io ho messo sul tavolo tutti i documenti: il libretto di famiglia, i permessi di soggiorno, le carte di identità, tutto insomma. Lei ha scritto i nostri nomi e delle altre cose sulla grande. Mi ha dato due fogli. Sono andata a farli vedere alla droghiera italiana che mi ha spiegato tutto per bene. I libri e i quaderni li fornisce la scuola. I bambini vengono vaccinati poco dopo l'inizio delle lezioni. Noi dobbiamo comprare le matite, la gomma e una penna a sfera, l'ho già fatto. L'altro foglio parla della mensa. I bambini possono mangiare tutto il cibo che offre la mensa, ma è caro. Possono mangiare solo la minestra e portarsi il resto. E possono anche portarsi tutto da casa. Questo è quanto ».

Mangiamo in silenzio. La minestra di verdure non ha più sapore. La grande ha la faccia tutta raggrinzita. Mio padre si agita per il nervoso. Mia madre aggiunge, lentamente:

« Ci ho riflettuto ed ecco che cosa ho pensato: nei mesi freddi potrebbe mangiare la minestra calda che le farà bene allo stomaco e a tutto il corpo. Negli altri mesi si porta dietro da mangiare. Lo fanno anche altri ».

« Ci costerà caro » dice il papà.

« Non tanto » dice la mamma. « E comunque quando ci vuole ci vuole. Ho comprato un po' di stoffa per farle un grembiule, è obbligatorio. Così oltretutto non si vede quello che ha sotto ».

Tira fuori un bel tessuto a quadretti rosa e bianchi. La faccia della grande si illumina. La piccola dice:

« E io? ».

« Tu, cosa? » dice la mamma. « Guarda come sei bella, vestita come piace a te ».

La sorellina si guarda. È tutta nuda. Ride con quel suo riso fresco:

« I vestiti mi fanno caldo ».

E se ne va fuori, leggera leggera e sorridente.

« Ecco come faremo per il tragitto. Lunedì ti porto fino alla strada asfaltata, non è tanto lontana, appena un chilometro, è facile, sempre dritto, basta seguire il viottolo. Là trovi la figlia della Maria, quella del Pech de Velours, che è più grande, e prosegui con lei. Domani andiamo a trovarla così vi conoscete ».

Appena finiamo di mangiare, mia madre si dedica al grembiule con la grande per le misure e le prove.

Io bado alle mucche nel prato poi raggiungo la ragazzina russa e polacca. Cerco di spiegarle le cose, lei cerca di parlarmi, nessuna delle due capisce. Ridiamo. La cagna Folette sorveglia i suoi animali, seduta sulle zampe di dietro. Davanti al buco nella siepe da cui sono solita passare e da cui può vedermi, Lulù sorveglia i miei. La ragazzina si alza. Raccogliamo le sorbe cadute dal grande sorbo che sta ai margini del suo prato ed è più alto e più grosso degli olmi della stalla. Io prendo quelle dorate picchiettate di verde e ancora dure perché preferisco la frutta non matura. Ne assaggio una, è così aspra che mi allappa i denti, la sputo. Lei allora rimette le mie sorbe per terra e me ne dà qualcuna di quelle scure. Le mangiamo.

La sera mia madre ha finito il grembiule. Per mostrarcelo lo fa indossare alla grande che è davvero bellissima in tutto quel rosa e con la cintura che raccoglie le pieghe sul davanti e si allaccia dietro con un grosso fiocco. La sua pelle sembra più scura e vellutata e i suoi riccioli ancor più setosi. La piccola, sempre nuda, batte le mani.

« Domani faccio la cartella » dice mia madre.

Il tempo vola. La grande è pronta per uscire, con indosso il grembiule, un paio di calzini bianchi a punto traforato, le scarpe della domenica, nere e lucide, la giacca di lana rosso scuro, della domenica anche quella. È bellissima. Ha in spalla la cartella nuova fatta con la tela azzurra di un paio di pantaloni, foderata con la stessa stoffa del grembiule. Per renderla più resistente, il papà ha infilato una bacchetta di legno nella parte alta, dove sono attaccate le cinghie. Per ora dentro ci sono soltanto la gomma e le matite infilate nell'astuccio che la mamma ha fatto uguale alla cartella. È proprio carina.

In una delle sporte che mio padre fabbrica nelle serate invernali, accanto al fuoco, con le foglie delle pannocchie di granturco attorcigliate e intrecciate, c'è il pranzo: una coscia di pollo lesso, rimasta da ieri, la domenica mangiamo sempre carne, gli altri giorni dipende, un pezzo di formaggio, una grossa mela, un po' di pane, una bottiglietta con dentro il nostro vino allungato con l'acqua, ogni cosa avvolta nella carta di giornale e poi sistemata, insieme alle altre, in uno strofinaccio.

Prima che la grande e la mamma escano, la piccola, sempre nuda, bacia le mani a tutte e due. Le guardiamo incamminarsi, non le vediamo più. La piccola piange, a me viene da piangere. Il papà, con la voce dei giorni in cui è arrabbiato, dice:

« Sparecchiate la tavola, lavate i piatti, spazzate per terra e non rompete niente ».

Se ne va nei campi. Obbediamo. Quando la mamma torna, dice:

« Rientrerà tardi, non riesce a camminare svelta, soprattutto con quelle scarpe troppo piccole ».

Io e la piccola restiamo a gironzolare per la cucina. La mamma fa cose incoerenti. Mette un oggetto in un posto poi lo riprende, lo mette da un'altra parte e poi da un'altra parte ancora, dove non è mai stato. Spazza la cucina senza accorgersi che l'abbiamo già fatto noi, si ferma, ricomincia, alla fine molla la scopa e va ad aiutare il papà nei campi.

Noi passiamo tutta la giornata a bighellonare.

Finalmente arriva l'ora delle mucche. Vado nel prato con Lulù. Passo svelta attraverso il buco nella siepe. Le mucche sono lì, Folette pure. Ma a sorvegliarle c'è una donna con un grande cappello di paglia, di sicuro la madre polacca. Per paura di essere vista, mi rituffo nel buco e torno nel mio prato. Poi ci penso e capisco. Anche la ragazzina va a scuola. Non so se la rivedrò. Resto accovacciata accanto alla cagna che per la gioia scodinzola.

La piccola mi raggiunge, si siede attaccata a me. Stiamo zitte. Mi appoggia la guancia sul braccio, mi tiene la mano. Le propongo di andare a giocare nel ruscello, lei non vuole. Un bel po' di tempo dopo si alza:

« Salgo sull'albero così la vedo prima quando arriva ».

« Arriverà molto tardi, la scuola è lontana » le spiego. « E poi, nuda come sei, ti graffierai tutta la pancia ».

« Sono un uccello » dice. « Gli uccelli non si fanno mai male sugli alberi. Salirò fin su in cima per ascoltare quello che dice il vento e prenderò una stella di sole per lei ».

Se ne va, leggera leggera, sembra davvero che voli. Io resto lì. Di tanto in tanto guardo la donna sconosciuta attraverso la siepe. È sempre seduta vicino a Folette e lavora a maglia.

Scende la sera. Le mucche si abbeverano al ruscello. La menta calpestata sprigiona nell'aria mite un profumo intenso. Corro verso casa.

La grande è seduta tutta rigida sulla sua sedia. Guarda un punto lontano, non vede che la piccola sta cercando di salirle sulle ginocchia. Non indossa più il suo bel grembiule nuovo, di sicuro per non sporcarlo. Sul tavolo, in un piatto, ci sono la coscia di pollo, il formaggio, la mela e il pane. Guardo nella cartella. Dentro ci sono due quaderni, l'astuccio e un bel libro. Sulla copertina è disegnato un grande melo verdissimo e riccioluto, pieno di mele rosse e gialle. Sotto l'albero un ragazzo e una ragazza raccolgono i frutti caduti e li mettono in un cestino di vimini.

A tavola mia madre e mio padre fanno un sacco di domande a mia sorella. Lei non risponde. Prova a mangiare la minestra di verdure ma non riesce a mandarla giù. Ha le guance gonfie di verdura. Dico che così finirà per soffocare. Allora si mette a piangere in silenzio nel piatto, a bocca aperta. La verdura viene tutta fuori. Stiamo zitti. Piange per un bel pezzo. E poi la mamma dice:

« Si può sapere perché piangi così? ».

Lei scuote la testa come per dire di no e singhiozza, senza fiato. La mamma la prende sulle ginocchia. La grande le affonda la faccia nell'incavo del collo e piange piano piano. La piccola le accarezza le gambe, le abbraccia le ginocchia. Dice:

« Ora ti passa, la bua ».

Quando si calma, la grande dice:

« Non voglio più andare a scuola. Non capisco che cosa dicono, non capisco che cosa vogliono, non capisco niente ».

« La scuola è obbligatoria » spiega la mamma. « Se non ci vai ti vengono a prendere e ti ci portano a forza. In più ci toglieranno i sussidi, e come faremo allora a vivere, in cinque, su questo mucchio di sassi dove non cresce niente? ».

« Non ci voglio andare ».

« È normale che tu non capisca niente all'inizio, poi però imparerai a leggere, a parlare in francese e anche a contare bene, imparerai presto, vedrai. Perché non ti siedi accanto a un'italiana che sa il francese? ».

«Non si può» dice la grande. «In classe le francesi stanno davanti, vicino alla cattedra della maestra, dietro di loro mettono le straniere che sanno parlare francese e, in fondo, tutte quelle che non capiscono niente. Me l'ha spiegato la figlia della Maria del Pech de Velours».

«Be'. Pazienza» dice la mamma. «Intelligente e vivace come sei, imparerai presto. Non solo, ma anche noi impareremo insieme a te, dato che bisognerà aiutarti, farti leggere, scrivere, ripetere. Così poi potremo cavarcela tutti senza l'aiuto di nessuno».

«No» dice la grande. «In quella scuola da sola non ci vado. Tanto più che ho paura a passare per il viottolo degli sconosciuti».

«Ma chi vuoi che venga con te!».

«Lei» risponde la grande indicando me.

«Lei? Ma è troppo piccola! Non ha neanche quattro anni e mezzo. Non la prenderanno. E poi come li fa sette chilometri al giorno con quelle gambette?».

Mia sorella ricomincia a piangere e intanto ripete: «Non voglio stare da sola, non voglio».

Ho il cuore che fa il matto. Esco. Corro in lungo e in largo nel grande prato, in quello della ragazzina russo-polacca, vado a vedere il suo stagno dove crescono alti gigli di palude, gialli come enormi ranuncoli, canne con lanuginose spighe marroncine e, tra le foglie placide adagiate sull'acqua, fiori di ninfea serici nel loro rosa o bianco. In fondo allo stagno, in parte proteso sul prato, c'è il ciuffo di piante alte, con ampie foglie di un verde tenue e, sopra, in cima a lunghi steli, magnifici fiori dai grandi petali leggeri di un rosa quasi trasparente. Me li ha mostrati un giorno la ragazzina straniera. Ha detto: *lo-tus, lo-tus*, e io l'ho ripetuto finché non ho imparato il nome del loto. È importante conoscere il nome delle piante, e tutte ne hanno uno, dice mio padre che ama le piante, anche le più piccole.

Faccio più volte il giro dello stagno, dei prati, degli altri stagni, a braccia aperte, gridando *lotus, lotus,* perché ogni volta che vedo qualcosa di bello mi viene voglia di volare con il vento. Poi non ce la faccio più. Vado a sguazzare nel nostro ruscello, immergo per intero la testa nell'acqua fresca che lava tutto e se ne va in altri posti.

A casa mia madre mi sgrida, che cosa stavo combinando mentre tutti mi aspettavano, e, come se non bastasse, torno tutta bagnata, così mi verrà un malanno. Spiego:

« Ero tra le piante di loto ».

Mia madre mi sculaccia. Non dico niente. Mia sorella ha posato sul tavolo il quaderno nuovo e ricopia, concentrata, dei segni scritti in rosso. Mia madre la fa leggere: a, e, i, o, u. Poi mi guarda e dice:

« Domani ti faccio un grembiule, dopodiché andrai a scuola con tua sorella. Se non vogliono che diventi ignorante dovranno prendere anche te. Ecco ».

La piccola, sempre nuda, mi sale sulle ginocchia, appoggia la sua testa alla mia, e rimaniamo così, per un bel pezzo, ad ascoltarci. Ha le guance liscissime, come la buccia delle albicocche. Ho il cuore che fa sempre più il matto.

L'indomani la grande va a scuola tutta sola, senza protestare e promettendo che mangerà.

La mamma vuota sul tavolo il cesto dei ritagli di stoffa. Li passa in rassegna, li spiega, li misura. Non ce n'è uno che sia abbastanza grande per farmi un grembiule.

« Userò stoffe diverse, verrà ancora più carino, vedrai. Non ti prendo neanche le misure, lo faccio della stessa taglia di un vestito che a tua sorella è diventato piccolo ».

Esco. Comincio a gironzolare qua e là con la piccola. Non saltella come suo solito, mi dà la mano. Dico:

«Quando andrai a scuola, dovrai vestirti anche tu come le altre».

«Sì,» dice «con un bel grembiule nuovo, ma senza mutande, mi fanno caldo».

«Che figura ci farai, col sedere scoperto!».

«Non lo saprà nessuno».

Ci arrampichiamo sugli olmi. Lampi di sole guizzano fra i rami, il vento che passa rinfresca la testa e la faccia. La piccola, appollaiata in alto, canta la canzone delle campane che piangono le lacrime di un bambino.

Andiamo nella vigna in cerca dell'uva Herbemont, la mangiamo, distese sulla schiena sotto le foglie. I chicchi un po' aspri ci rinfrescano la bocca e tutto il corpo. In mezzo al granturco, fingiamo di esserci perse, ci spaventiamo a vicenda con lo spauracchio di volpi e tassi, raccogliamo due pannocchie ancora acerbe, sgranocchiamo i chicchi teneri e lattiginosi. Strappiamo dei vilucchi, li ammucchiamo all'inizio dei filari, la mamma verrà a prenderli con la carriola e li darà ai conigli. Nel prato saltiamo tra i fiori delle cicorie selvatiche, di un azzurro bellissimo, i piedi ci si impigliano nelle piante, cadiamo, ridiamo. Ci fermiamo. Siamo già tutte sporche. Dico alla piccola:

«Vieni, voglio confidarti un bel segreto».

Attraversiamo di corsa il prato russo-polacco fino al grande stagno. Senza più fiato, stiamo a guardare i fiori magnifici nel sole. Mia sorella dice: Oh, oh, senza osare avvicinarsi. Si guarda, si sfrega la pancia e il culetto pieni di terra per pulirli. Avanziamo. Nell'acqua saltano le rane, tranne quelle che si scaldano sulle foglie delle ninfee. Guardiamo. Tornando verso casa, dico:

«I grandi fiori rosa si chiamano *lotus*. Di' *lotus*».

Non smettiamo più di ripeterlo.

La sera, quando torno dal prato, mia madre ha finito il grembiule. Per farmelo provare aspetta che ci siano tutti. La grande arriva di gran carriera, con la faccia sporca e impolverata, piena di rivoletti di sudore. Dice:

«Ho corso perché nel viottolo degli sconosciuti ho paura da sola, senza nessuno dietro».

Mio padre torna dalla stalla. Porta con sé l'odore del latte, delle mucche e del fieno caldo. Mia madre mi infila il grembiule nuovo.

«E questo cos'è?» dice mio padre.

«Non lo vedi?» dice mia madre. «È un grembiule per la scuola».

«Non ho mai visto niente del genere» dice mio padre.

«A scuola nessuno ce l'ha così» dice la grande.

«Appunto» dice la mamma inferocita. «Non essere uguale a tutti gli altri è ancora meglio. Per renderlo più carino, ci ho messo il colletto di pizzo di un mio vestito di quando ero giovane».

Ho la testa confusa. La piccola dice:

«Che bello, il tuo grembiule, è ancora più bello dei fiori di loto».

Salta, dà baci al grembiule. Quando me lo tolgo, lo guardo bene. Il colletto è carino, tutto di pizzo quasi bianco. Sul davanti il carré è azzurro, la parte sotto, plissettata, di un altro azzurro più vivace, a righine bianche verticali. Le tasche sono rosse a fiori gialli, verdi e azzurri, come pure la cintura, che raccoglie le pieghe e si annoda sulla schiena con un grosso fiocco. Il didietro è bianco e rosa sopra, verde a pois di tutti i colori sotto. I bottoni per abbottonarlo sono rossi. È carino, con tutti quei colori mischiati insieme come in un mazzo di fiori.

Vado a lavarmi al ruscello. Mi insapono anche i capelli, la piccola mi sfrega la schiena. Dopo la lavo da capo a piedi anch'io, ci divertiamo a saltare, a schizzarci tutte, a ficcare i piedi sotto la graniglia o nelle tane dei gamberi. Cadiamo, strisciamo nell'acqua, facciamo le bolle, ridiamo. Mi asciugo e mi rivesto. Lei resta nuda, tutta gocciolante. Risplende nel sole che tramonta.

L'indomani arriviamo a scuola, mia sorella, mia madre che spinge la bicicletta a mano con me sul portapacchi e la figlia della Maria del Pech de Velours. Andiamo tutte e quattro dritte dalla maestra con la strana crocchia. Mia madre parla con la figlia della Maria che poi parla con la maestra e via così. La maestra, arrabbiatissima, parla a voce alta, anche mia madre parla a voce alta, in cortile, non gioca più nessuno, ci guardano. Io mi nascondo dietro mia madre, con la faccia nella sua gonna per non vedere né sentire niente. Alla fine mia madre e la maestra entrano in un'aula. Io resto in mezzo al cortile. Guardo le mie scarpe della domenica.

Vicino a me c'è qualcuno. È la ragazzina del prato. Mi slancio verso di lei e mi metto a piangere. Lei mi prende il mento nell'incavo della mano, mi asciuga la faccia e fa di no con la testa. Si abbassa, guarda la mia giacchetta, che è come quella di mia sorella ma verde mela, e il mio grembiule di mille stoffe diverse, sorride, sorride. Ha i riccioli biondi raccolti sulla nuca con un nastro azzurro. Facciamo il giro del cortile, mi mostra tutto e mi dice il nome di ogni cosa. Io aspetto che torni mia madre. Finalmente esce dall'aula, è raggiante, dice che va a comprare il necessario e corre via nella strada prigioniera delle case. La campanella suona nell'istante in cui lei torna. La abbraccio forte forte e vado a piazzarmi svelta dietro mia sorella, in coda alla fila. Guardo ancora la mamma che mi sta guardando.

L'aula è piena di banchi con la panca attaccata. Mi tolgo la giacchetta e resto in piedi in fondo, anche gli altri e perfino mia sorella restano in piedi ma vicino ai banchi. La maestra mi indica un posto libero dietro a tutti gli altri e vicino a una bambina che ha uno strano odore del tutto sconosciuto. Ho appena il tempo di vedere che ha i capelli neri e crespi, e la pelle ancora più scura della nostra, ma senza lentiggini. Dopodiché sento delle urla e dei rumori, mi alzo per guardare. La mia vicina mi tira per il grembiule per farmi sedere. Obbedisco, divincolandomi, non voglio essere toccata.

La maestra sta tirando per un braccio un bambino della fila accanto. Grida un sacco. Il bambino resiste. Il suo vicino lo tira nella direzione opposta, e tutto quanto, la panca, il banco e il bambino, si sposta stridendo per via della ghiaia del cortile incastrata sotto le suole delle scarpe. La maestra cerca di afferrare la testa del bambino senza riuscirci. Allora capisco. I due bambini portano un berretto marrone calato fino alle orecchie e alle sopracciglia, con la punta bella dritta in cima alla testa. La maestra glielo vuole togliere e loro si oppongono. Sono uguali identici, più ancora di quando mi guardo nello specchio dell'armadio in camera dei miei genitori, con le sopracciglia arancioni e gli occhi pallidi. La sera, mentre rincasiamo, la figlia della Maria ci dice che sono due gemelli olandesi, vengono da molto lontano, da un paese pieno d'acqua. Alla fine la maestra li lascia in pace.

Parla, in piedi dietro il grande tavolo sopraelevato che ci sta di fronte. Cerco di vedere la ragazzina del prato russo-polacco. Nell'aula non c'è. La testa mi si annebbia tutta, vedo i prati tranquilli, i fiori di loto, la piccola, niente.

La maestra mi mette sul banco un quaderno aperto. All'inizio di alcune righe traccia prima un'asta in piedi, poi un manico d'ombrello, anche quello ritto, e infine un cerchio. Mi mette la matita fra le dita e mi aiuta a fare qualche asta dritta. Se ne va. Aspetto. La mia vicina mi dà una gomitata, con il dito disegna delle aste, mi prende la mano in cui tengo la matita. Allora capisco. D'un tratto le guardo le mani. Il cuore mi si scombussola. Guardo di nuovo le sue mani, le mie. Cerco di vedere quelle degli altri ma non ci riesco, siamo tutte e due in fondo in fondo all'aula, quasi dietro la porta, e poi sono troppo piccola. Mi mostra le mani e sorride. Ha le dita incollate a due a due e sul dito vicino al pollice che non c'è ha un pollice piccolissimo. Poi tira fuori la catenina grigia che porta al collo. C'è un sacchettino appeso. Me lo fa sentire e capisco il suo odore. La sera la figlia della Maria ci dice che ha una malattia ai polmoni e che quel sacchetto è un disinfettante, canfora. Ho paura. Mi alzo, vorrei andare da mia sorella, ma la bambina con le mani strane mi fa risedere e mi indica la pagina con le aste.

Mi dedico alle aste. Ne faccio qualcuna quasi dritta calcando fortissimo e tirando fuori la lingua per impegnarmi al massimo. E poi mi ricordo di ieri, al ruscello, con la piccola, giocavamo a buttarci in acqua a vicenda, a schizzarci, a tutto, eravamo contente. Allora mi viene un'idea. Anziché fare delle aste mogie mogie, le faccio giocare fra loro. Ne faccio una in piedi, è lì lì per cadere, si inclina in avanti, è caduta, sdraiata a terra. Questa è mia sorella. Ritiro su l'asta, è in piedi, si inclina all'indietro, cade e si ritrova sdraiata all'indietro.

Questa sono io. Faccio tutta la riga così. Faccio lo stesso con i manici d'ombrello. È più carino che con le aste, se ti impegni a girare il manico in avanti poi indietro viene fuori un mazzolino di fiori. A volte li faccio alla rovescia, così sembra che i mazzi si specchino nell'acqua. Con i cerchi è più difficile. Non posso farli rotolare, sono fermi sul foglio. Ci rifletto un po' su. Decido di fargli fare la lotta. Si inseguono, si toccano, si spingono, i vincitori restano sulla strada, gli altri cadono verso il basso o verso l'alto. Ricomincio. Decido che i vincitori non saranno sempre gli stessi, se no non è giusto, ognuno deve vincere almeno una volta. Mi impegno.

A un tratto qualcuno mi solleva, mi strappa dal banco, scalcio a più non posso ma mi ritrovo nella parte davanti dell'aula, vicino al grande tavolo. Torno con i piedi per terra. Tutte quelle facce pesano su di me, guardano il mio grembiule variopinto e allegro. La maestra mi urla in faccia con una voce così acuta che strizzo gli occhi e mi ficco le dita nelle orecchie, allora lei mi tira fortissimo i capelli, per un attimo penso che me ne strapperà una ciocca. Invece no. Fa girare fra i banchi il quaderno in cui ho fatto i fiori e le lotte. Le bambine davanti ridono forte, quelle dietro si passano il quaderno senza guardarlo, abbassano gli occhi, non ridono. Sento che dicono *Arlequin*. Lo conosco. È Arlecchino. La mamma ci ha raccontato la sua bella storia. Sono quasi contenta, *Arlequin* è la prima parola francese che capisco.

Suona la campanella.

Si alzano tutti. Io resto in piedi accanto alla maestra. Fa un cenno ai due bambini con il berretto marrone che subito vengono a mettersi dietro di lei come se ci fossero abituati da sempre. Mi guardano dritto in faccia e dappertutto. Gli altri escono molto ordinatamente. Quando nell'aula torna il silenzio polveroso, esce anche la maestra con noi tre dietro. Mi lascia davanti alla porta. Piazza uno dei bambini contro il muro, con la schiena rivolta al cortile. Tira l'altro per il braccio, di sicuro per metterlo da un'altra parte, ma lui si attacca al fratello, e tutti e due tirano nella direzione opposta. Penso: se all'improvviso si staccano la faranno cadere. Invece no, si tengono forte e lei grida con una voce acutissima. Gli alunni in semicerchio osservano pieni di interesse. Alcuni sghignazzano, altri restano seri. Forse contano i punti, come facciamo io e la grande quando il papà e il marinaio russo si lanciano parolacce attraverso le vigne piene di tulipani selvatici gialli o rossi. Alla fine la maestra molla il bambino, tenta ancora una volta di togliergli il berretto, ma lui prontamente si abbassa proteggendosi la testa con le mani. Allora lei torna verso di me e mi copre di parole violente. I due bambini restano faccia al muro, vicinissimi l'uno all'altro. Non ridono. Non parlano.

Vengo trascinata all'angolo fra due muri, dove scende una grondaia. Infilo la faccia tra il tubo fresco e l'intonaco ruvido. Il cortile è un'esplosione di rumori, urla, risate. Penso alla piccola, di sicuro è nuda, forse sta facendo l'uccello in cima all'olmo pieno di vento, di nuvole spumose, di luccicanti frammenti di sole, forse aspetta di vederci passare. Mia madre grida:

« Scendi, scendi, se no l'albero cade ».

Dopo un po' scende, con la testa leggera e l'espressione distante. Ho paura. E se cade? Non posso correre a casa per dirle di non fare l'uccello, né il pesce, né nient'altro quando è da sola. Il cortile è sempre più lontano. Qualcuno mi mette in mano un fazzoletto. Sento una delle canzoni della ragazzina del prato. Canta piano piano, come mia madre quando ero piccola e, al buio, pensavo di essere diventata cieca. La ascolto. Le libellule silenziose svolazzano attorno alle ninfee bianche.

Dopo non so. Faccio delle aste e dei manici d'ombrello in piedi, dei cerchi immobili. Dopo ancora mangiamo, quelli della mensa in una sala, quelli del paese a casa loro, noi in cortile, sulle panchine o per terra appoggiati a un albero.

Mi avvicino al cancello. Rifletto, potrei andarmene e aspettare un po' più giù, in un fosso, che arrivino anche gli altri per tornare a casa. La ragazzina russa e polacca si siede fra me e il cancello. Mi metto accanto a lei. Mi indica il cancello e fa di no con la testa.

Nel pomeriggio dormo con la testa sul banco. Vengo svegliata dalle grida acute della maestra e dalla sete. Sta sollevando dalla sua panca un alunno delle ultime file, che ha l'età di mia sorella. Ha dei rivoli che gli scorrono lungo le gambe e i pantaloni che gocciolano. Se l'è fatta addosso. La maestra indica la piccola pozza sotto il suo posto dicendogli delle cose piene di rabbia. Lui si dibatte, si divincola, si rotola per terra. Lancia grida acute scalciando e sferrando pugni in tutte le direzioni per fare indietreggiare il nemico. Poi, svelto, si alza, va dietro al grande tavolo sulla pedana e, senza piangere, urla in italiano:

«Se mi picchi, lo dico a mia madre e a mio fratello, loro vengono qui e ti gonfiano la faccia».

E con le braccia fa vedere quanto le diventerebbe gonfia la faccia. La maestra prende una spugna dal secchio vicino alla lavagna. Il bambino asciuga la piccola pozza che ha fatto.

Mi addormento di nuovo. La mia vicina mi dà una gomitata. Guardo.

Gli alunni sono tutti immobili, a braccia conserte. Il silenzio mi fa sentire in bocca un sapore di cenere, vorrei andare a giocare nel ruscello, sotto le grandi calle bianche. Due bambine della fila vicino alle finestre si alzano in piedi senza che nessuno abbia detto niente. Le ho già notate perché sono le più arruffate della scuola. A giudicare dal grembiule sgualcito e dalle facce quasi grigie, si direbbe che dormano tutte vestite, da sempre. Si direbbe anche che non abbiano mai messo ordine nel grande scompiglio dei loro capelli senza colore, che sfuggono da tutte le parti, un po' ricci, un po' no. Il verde dei loro occhi è lo stesso dell'acqua del ruscello quando arriva l'ombra.

Si piazzano accanto alla maestra, le fanno insieme un cenno di saluto con il capo, poi a noi, poi l'una all'altra. Si mettono faccia a faccia. Si guardano dritto negli occhi e, senza dirsi niente, senza farsi nessun segno, cominciano a cantare. La loro voce è come flautata. Il mio cuore fa salti di gioia. Quelle voci dissipano la tetra nuvola di ragnatele che aleggia nell'aula. Cantano a una voce, a due voci, in canone. Ognuna canta da sola arie d'opera come quelle che mio padre fischietta nei campi, a volte si rispondono, sono paesaggi sconosciuti, profumi, morbide sete, voli di uccelli. Suona la campanella. Nessuno si muove. Quando finiscono, ci alziamo senza far rumore. Nel silenzio la mia pelle si raggrinzisce, sono orfana del sole.

Molti alunni tornano a casa per la nostra stessa strada. Si spintonano, ridono, si colpiscono con le cartelle, tutti tranne i due bambini con il berretto marrone e un altro che ha gli occhi del colore delle viole e che ho visto a mezzogiorno quando mangiavamo sotto gli ippocastani. La grande cammina molto più avanti con la figlia della Maria e io corro con tutta la forza delle mie gambe per non perderla di vista. Non ho il tempo di gridare per chiamarla, corro, corro. E poi qualcuno mi afferra per il braccio, mi costringe a rallentare. Mi divincolo. Se non vedo più mia sorella, mi perdo. Non guardo, penso solo a correre. Allora sento l'odore, quello della ragazzina del prato. Dentro divento liscia come i ciottoli del ruscello su cui l'acqua scorre sempre, mai la stessa, e porta via lo sporco. Lei non dice niente, io cammino guardandomi bene intorno per ricordare. Metto due pietre bianche all'angolo con il viottolo che bisogna imboccare per tornare a casa.

La ragazzina mi fa sedere in fondo a una vigna sconosciuta. Cammina lungo uno dei filari poi, abbassandosi un po', torna indietro, mi dà un grappolo d'uva dai grossi chicchi rosa porpora. Ne ha uno anche lei. Mangiamo, ci guardiamo, ridiamo. Mi accompagna quasi fino a casa. Prima di lasciarmi da sola, mi apre la giacchetta verde, indica le varie parti del grembiule, fa di sì con la testa e dice: *Joli,* carino. Dico *joli* anch'io.

Poi lascio in cucina la grande che piange. La mamma l'ha picchiata perché non mi ha aspettata. Raggiungo la piccola nel prato. Siamo così contente che per un po' giochiamo a rotolarci per terra e a gridare. Le racconto dei due bambini con il berretto marrone e soprattutto del canto delle due bambine, che vengono dalla Cabilia, un paese lontanissimo al di là del mare, ha detto la ragazzina del Pech de Velours.

Non appena la ragazzina russo-polacca va nel prato a dare il cambio alla madre, passiamo attraverso il buco nella siepe per raggiungerla. Fa il solletico al pancino della piccola ancora nuda, e la piccola attraversa il prato incurante delle mucche sconosciute e va a svolazzare intorno allo stagno. Canta a squarciagola arie inventate con la sua voce da uccellino. La guardiamo, è così carina e leggera. Quando torna, indica il grembiule azzurro della ragazzina e dice:

«Anch'io, poi, avrò un grembiule azzurro come questo con un colletto bianco tutto ricamato e andrò a scuola».

Ridiamo. Faccio vedere la cartella. La mamma l'ha confezionata con la tela di un sacco per il grano quasi nuovo e per foderarla ha usato diverse stoffe, come per il grembiule. La ragazza dice: *Joli.* Mia sorella indica lo stagno e dice: *Lotus.* Allora su una pagina del quaderno di brutta la ragazzina scrive *j.o.l.i.* e *l.o.t.u.s.* Poi ci fa leggere.

La sera, mentre mangiamo la minestra di zucca con il latte, la grande indicandomi dice:

«È stata messa in castigo. Mentre gli altri giocavano in cortile, lei è rimasta in un angolo, faccia al muro. Ecco».

Mia madre si alza, si sporge sulla tavola e dà un ceffone a mia sorella che subito ricomincia a piangere con un sacco di uè uè uè...

«Così impari a fare la spia» dice mia madre e poi, rivolta a me: «Perché sei stata punita?».

«Non lo so,» dico «lì nessuno parla come noi. Forse è stato per colpa delle aste che cadono, dei manici d'ombrello che formano mazzi di fiori e dei cerchi che fanno la lotta».

«Sei impazzita?» dice mio padre.

«No» spiego. «So bene che le aste e i manici d'ombrello non stanno in piedi da soli, per questo sono caduti, e la maestra non voleva».

«Va bene, adesso mangiamo» dice la mamma.

«Quando andrò a scuola io, voglio un grembiule tutto azzurro come quello che ha la ragazzina dello stagno dei fiori di loto, con anche un colletto bianco ricamato».

«Che ragazzina?» dice il papà.

«Quella di là, che ha uno stagno con i fiori di loto».

«Zitta e mangia» dice la mamma. «E non arrampicarti più sugli olmi, che fanno diventare matti».

«I fiori di loto non sono sugli olmi,» spiega la piccola «crescono negli stagni. E io voglio un grembiule tutto azzurro con...».

«Mangia» dice la mamma «e sta' un po' zitta».

A scuola, a poco a poco, comincio a capire che la maestra non vuole che giochiamo. Dal momento che non capiamo quello che dice, dobbiamo guardare gli altri e fare come loro. Vengo messa in punizione faccia al muro quando scrivo male, quando esco per andare a vedere com'è la strada che sale verso il municipio, la chiesa e i negozi. Il bambino con gli occhi viola che, a mezzogiorno, mangia sempre delle prugne secche con il pane viene punito perché fa pipì in cortile contro un ippocastano. Non vuole usare i gabinetti dove vanno tutti gli altri. Neanche io. I due bambini con il berretto marrone vengono puniti a ogni ricreazione, non giocano mai in cortile, non parlano mai, restano soltanto l'uno attaccato all'altro ad ascoltarsi mentre stanno zitti.

Un po' comincio a saper leggere, scrivere e contare, ma scrivo male. La sera torno sempre a casa insieme alla ragazzina del prato, con il grembiule azzurro, i capelli ricci raccolti con un nastro pure azzurro, che mi insegna il nome francese di tutte le cose della campagna. Poi scrive i nomi sul mio quaderno di brutta, e anch'io provo a scriverli. Non sempre ci riesco.

Una sera, a tavola, la mamma dice al papà:

«Sarai contento. Domani se ne vanno».

«Chi?» dice mio padre.

«Gli stranieri» dice mia madre.

«E perché dovrei essere contento?» dice il papà. «Non fanno male a nessuno».

Parlano ancora. Io sono contenta, mi metto a raccontarmi delle cose. Se partono, attraverserò il ponte, andrò a vedere le grandi palme che battono le foglie come mani calme. Mi sdraierò sotto e guarderò il colore del cielo quando il vento ci passa sopra. Forse potrò arrampicarmi fino al ciuffo di foglie, aggrappandomi al lungo tronco. Poi andrò dietro la casa, sotto i cedri, il papà dice che, laggiù dove è nato lui, fanno un'ombra azzurra più fresca degli altri alberi. Dice anche che i più belli sono i cedri-lira che hanno due tronchi a forma di lira, e se li unisci con sottili fili d'acciaio puoi far cantare il vento. Visiterò tutto, intorno alla casa, insieme alla piccola, con la grande no, quella spiona, che corre molto più avanti per seminarmi. Mi invento un sacco di cose, poi le racconto alla piccola.

In classe faccio esattamente quello che fa la mia vicina, perché devo e anche per evitare che mi strattoni per farmi sedere o per svegliarmi, non voglio essere toccata. È francese, come quelle davanti. L'hanno messa in fondo per via della sua malattia, che nessuno vuole prendersi. A me non importa, anzi mi piace l'odore del sacchettino di canfora, vorrei averne uno anch'io. Da noi la mamma ha le sue medicine personali, tre o quattro in tutto, l'aglio crudo contro i vermi, i suffumigi di fiori di fieno che sanno di cane bagnato contro l'influenza, i cataplasmi di crusca che puzzano come il cibo del maiale contro la tosse. Soprattutto tiene da parte delle bottiglie di acquavite da ottanta gradi a cui non c'è niente che resista, dice lei, né i dolori né i microbi, altrimenti non avrebbe senso fare un'acquavite così.

Un giorno, dopo il pranzo che consumiamo seduti a gruppetti sotto gli ippocastani, vado a vedere cosa c'è dietro la scuola. Ci sono un giardino con degli ortaggi e dei fiori, un bel boschetto di ciliegi tenerini e, da un lato, un pozzo a manovella con un secchio sulla vera. Riempio il secchio di zolle di terra. Quando torno la maestra è accanto al portone che mi aspetta per punirmi. Non ne ha il tempo.

Urla acute attraversano l'aria calda, riecheggiano nelle aule e sotto il portico. Due alunne stanno facendo a botte, si strappano con accanimento i capelli e tutto quello che riescono ad afferrare. Subito bambine e bambini corrono in loro aiuto, si fronteggiano due schieramenti opposti. Si gettano gli uni sugli altri, si agguantano con ferocia lanciando grida, rivolgendosi parolacce e ingiurie ognuno nella propria lingua sicché nessuno capisce bene. È tutto un groviglio di capelli, gambe, braccia, pugni alzati, corpi che rotolano nella polvere, nella ghiaia, fra le castagne matte e i ricci, anche quelli che perdono sangue dal naso o sono pieni di graffi continuano a menare colpi, chi è caduto si rialza più accanito di prima e picchia a caso nel mucchio.

Le due maestre tentano di intervenire gridando ordini che nessuno sente, non si avvicinano troppo, probabilmente per evitare di essere colpite. Allora una di loro suona la campanella a più non posso, con furia. Di colpo la zuffa finisce. Tutti gli alunni, anche quelli che sono rimasti a guardare, come me, come i gemelli, le bambine della Cabilia, la grande e la russo-polacca, vengono puniti. Giriamo in tondo in cortile, con le mani sulla testa, tranne chi perde sangue dal naso, che ha una mano sulla testa e l'altra sotto il naso. È una strana ronda di storpi, laceri, scarmigliati, arruffati.

La sera la ragazzina del Pech de Velours ci spiega. Uno schieramento raduna gli alunni più vicini alle maestre, i francesi, sia quelli di qua, sia quelli che vengono da altri posti, dalle grandi città, perfino da Parigi, per stare con le nonne. I contendenti dell'altro gruppo arrivano tutti dall'estero, spagnoli, italiani, iugoslavi, turchi, portoghesi, arabi e anche inglesi, belgi e olandesi, perciò capisci.

« E chi vince? » chiedo.

« Noi, » dice « però le maestre non ci lasciano mai concludere le zuffe, non vogliono che vinciamo ».

Penso alla ragazzina russa e polacca, non fa a botte con nessuno, non dice mai parolacce. I gemelli olandesi neppure e si vogliono talmente bene che cercano di stare sempre insieme con in testa il loro berretto marrone. Anche le due bambine della Cabilia sono così. Cantano mentalmente tutto il giorno aspettando la sera.

Stasera non cantano. Restiamo a lungo tutti in piedi a braccia conserte, anche loro, finché non suona la campanella che annuncia l'uscita. La maestra le invita a sedersi ma loro non ascoltano. Allora la maestra dice cose piene d'ira, indicando con un dito aguzzo tutti quelli in fondo all'aula.

Al ritorno la ragazzina del prato cammina più lentamente del solito. Guarda bene ogni cosa, io faccio come lei. L'aria ormai serena accarezza la pelle, ci porta da lontano i profumi delle mele un po' acidule, delle pere e dell'uva fermentata, dell'erba calda, mescolati all'odore dolciastro delle dalie.

Facciamo una sosta in fondo alla vigna degli altri. Lei raccoglie i bei grappoli rosa porpora. Ripartiamo di corsa fingendo di essere inseguite, ma nessuno ci insegue né ci guarda. Tagliamo per prati e campi di stoppie sconosciuti, all'ombra delle siepi di prugnolo con le bacche già blu.

Arriviamo senza fiato in riva a un ruscello che scorre fresco disegnando sottili increspature sulla sabbia del fondo. Ci sediamo sul muschio, con la schiena appoggiata a un pioppo per mangiare i nostri grappoli. Il mio è un po' schiacciato, correndo l'ho stretto troppo forte. Giochiamo a camminare nell'acqua, a sentire l'odore delle erbe stropicciate, diverse da quelle che stanno in fondo al prato, tranne la menta piperita. Scostiamo i ragni d'acqua e beviamo dalle mani a coppa.

Quando siamo quasi a casa, lei apre la cartella e mi dà una busta come quelle che la mamma usa a Natale e a Pasqua per mandare gli auguri a chi è rimasto laggiù dove stava lei da bambina, gente che si è persa per sempre, dice, non so perché. Allora io sono contenta che lei non si sia persa e che un giorno sia arrivata in Francia e sia diventata straniera.

La ragazzina si china su di me e mi dà un bacio veloce sulla punta del naso. Faccio appena in tempo a darle un bacio sulla mano, corre via, si volta e grida:

« *Ciao, do svidanija* ».

Sento male l'ultima parola. La ragazzina scompare in lontananza. Resto nel viottolo vuoto. A casa la piccola dice:

« Partono ».

« Chi? » chiedo.

« I russo-polacchi ».

Il cuore mi si aggroviglia. Corro nel loro prato. Non c'è più niente.

Nella busta ha messo un grande foglio di carta con sopra disegnati: il prato verde, le sue sei mucche rosse, la cagna Folette, il sorbo, lo stagno con i fiori di loto, la siepe di biancospino.

Vicino alla siepe ha fatto due bambine, una grande con un grembiule azzurro, una piccola con un grembiule di tutti i colori. Tutte e due reggono un'asticella. In cima a quella della piccola ha scritto: Ada. In cima all'altra: Ida.

Le lucertole

Il nonno e la nonna[1] aspettano, seduti sulla panchina, davanti a casa. È una panchina nuova come se ne vedono nei giardini di chi abita in città e, a sedercisi, sembra di essere in vacanza. È bianca, lucida, con un bello schienale un po' inclinato al quale ci si può appoggiare senza farsi venire mal di schiena. È di plastica, e il nonno, che non si fida troppo, ha aggiunto fra i due piedi normali un piede di ferro dipinto di bianco, per sicurezza. Ciononostante la nonna cerca di mettersi proprio in corrispondenza di uno dei piedi, dice a sé stessa che si sta appesantendo e che questa bella panchina troppo leggera potrebbe sfasciarsi sotto il suo peso. Di sicuro non regge il confronto con la vecchia panca di legno che il nonno ha costruito, tanto tempo fa, con le assi ricavate da un pioppo cresciuto in riva al ruscello, un giovane pioppo alto e fiero, abbattuto dal temporale, una sera di primavera.

Quest'inverno riporranno la panchina nuova in

1. «Nonno» e «nonna» sono sempre in italiano nel testo [*N.d.T.*].

soffitta, ben avvolta nel suo sacco di plastica, al riparo dal freddo, per non rischiare che si geli o si scrosti, con questi materiali sconosciuti non si può mai sapere. Ad ogni modo, in inverno, non c'è gusto a sedersi fuori, c'è il rischio di beccarsi dei fastidiosi geloni, è già successo, bisognerebbe essere davvero matti e nessuno dei due è matto fino a questo punto.

Sono seduti davanti a casa. Aspettano. C'è un caldo afoso. Agosto è sempre così in queste bassure prigioniere delle colline dove i ruscelli si prosciugano, dove le rane, dal fondo degli stagni, vengono a morire a galla con gli arti distesi e la pancia rivolta verso il cielo imbiancato, intrappolate nel fango grigio e screpolato. Le foglie degli alberi sbiadiscono e penzolano, molli, dai rami. Hanno sete, dicono il nonno e la nonna. Il vento caldo soffia, dissecca, fa ammattire. Gira, gira e rigira fra le colline. Se si stanca e si ferma, tutto soffoca sotto il peso del sole opaco.

Se ne stanno lì, tutti e due seduti. Non è un giorno come gli altri, lo aspettano da un anno.

Subito dopo aver finito di mangiare e aver bevuto il caffè corretto con la sua acquavite da cinquantasei gradi, il nonno è uscito. Ha risalito per un bel pezzo il corso del ruscello in direzione della sorgente dove l'acqua scorre ancora un po' protetta da filari di alberi e siepi di rovi. Ha camminato a lungo, lentamente, nella luce bianca e fra le zolle dure dei campi pieni di crepe. Finalmente ha raggiunto le cascatelle leggere, tintinnanti e belle fresche. Si è infilato tra due siepi e, vecchio com'è, si è messo tutto nudo, si è sdraiato sotto gli esili spruzzi d'acqua azzurrini. È rimasto così a lungo, a lungo, senza pensare più a niente, ad ascoltare solo il canto cristallino della sorgente, il dondolio vellutato degli ontani e il profumo speziato della menta.

Poi si è insaponato, sciacquato, insaponato di nuovo e di nuovo sciacquato. Si è asciugato con uno di quei pezzi di vecchie lenzuola ruvide da cui sua moglie ricava degli asciugamani. È tornato verso casa. Si sente come nuovo. Pensa: Bisognerebbe farlo tutti i giorni.

Nel frattempo la nonna ha riempito con la pompa del pozzo il grande abbeveratoio dove, in passato, andavano a bere le mucche. Si è spogliata all'aperto, tutta tranquilla, certa che fosse suo preciso dovere lavarsi per onorare l'arrivo della figlia, quella sera stessa, dopo un anno di assenza e di attesa. È rimasta a lungo nell'acqua gelida. Pensa: Di sicuro è meglio che nelle vasche da bagno di chi vive in città. E anche: devo restare a mollo finché la pelle, vecchia e sporca, non si ammorbidisce, il corpo è come la biancheria, non lo si può lavare appena bagnato.

Una volta pulita e asciutta, si è messa gli abiti da festa, cuciti con le sue stesse mani. Le mutande di batista bianca con lo smerlo rosa, la sottoveste intonata, anche quella con lo smerlo rosa, il vestito delle domeniche d'estate, écru, con dei mazzolini di fiori lilla, rosa e verdi. Sulle calze è stata un po' incerta, faceva così caldo. Ma ha le gambe pesanti e tutte livide di varici. Alla fine le ha messe, e ha messo anche le scarpe écru che le fanno male. Pensa: Non devo camminare né stare in piedi, non è come se andassi a una di quelle lunghe messe di Natale o di Pasqua e nemmeno alla festa del paese. Poi si è tolta quei pochi peli che le crescono sul mento, non tanti, però ci sono, nerissimi, e sono proprio brutti, se lo dice sempre. In un attimo si è pettinata, ha sempre gli stessi capelli ispidi e folti di un bel color sale e pepe. È pronta. A questo punto manca soltanto sua figlia con il marito e il bambino. Ma è ancora troppo presto. Non arriveranno prima di qualche ora.

Abitano da tutt'altra parte, molto lontano. Loro non ci sono mai stati.

Controlla di nuovo che la grande cucina sia in ordine. È tutto pronto. La stanza tirata a lucido sa di pulito. Lei stessa ha rimbiancato a calce le pareti e il soffitto. Ha messo la tovaglia a fiori e ha apparecchiato. Non resta che accendere il fuoco, il girarrosto è sistemato né troppo lontano né troppo vicino alla fiamma. Lo spiedo è in fresco nella dispensa della cantina con i piccioni, il fegato di maiale avvolto nella rete e la pancetta, tutti guarniti da una parte e dall'altra di foglie di salvia odorosa. Ha fatto la salsa di pomodoro per gli spaghetti e la torta di mele caramellate, ha preparato la vinaigrette per l'insalata riccia con il roquefort e i gherigli di noce. È tutto pronto.

Eppure ha la sensazione di aver tralasciato, dimenticato qualcosa. Va su e giù per la cucina e, all'improvviso, capisce. In casa non c'è neanche un fiore. Tutta contenta, si rimette le vecchie ciabatte e corre in giardino a raccogliere dalie, zinnie, calendule gialle e calendule arancioni e poi qualche sottile rametto di tamerici per bellezza. Dispone dei mazzi sulla tavola, sulla mensola del camino, sul frigorifero e in camera della figlia. Si rimette le scarpe che le fanno male e torna a sedersi sulla panchina e aspetta, con le mani intrecciate nel grembo del vestito nuovo. Spia ogni minimo rumore e continua a preoccuparsi di tutto quello che potrebbe aver dimenticato di fare per accoglierli come si deve.

All'improvviso le viene in mente il vino. Subito corre in cucina, si protegge il vestito con il grembiule sporco e inizia a lavare le bottiglie verdi da un litro. Il nonno è contrario, non vuole che vengano lavate. Dice:

« Dentro c'è stato sempre il vino, perché mai dovrebbero essere sporche? ».

Lei però conosce la figlia e il genero, sono abituati alle cose pulite e lustre. Quando le bottiglie luccicano, le mette nel sacco di rafia che usa d'estate per andare a spillare il vino, le copre con uno strofinaccio pulito perché il vino non si sciupi al sole. Più tardi salirà fino alla vecchia casa, un ex forno che ora serve da tinaia. È invasa da botti, vuote e piene, e ci sono le gerle, la pigiatrice, i tini, la grande vasca in cui fermenta il mosto, la pressa e tutti gli altri attrezzi che servono a fare il vino. Il pavimento è di terra battuta. D'estate il nonno lo bagna mattina e sera per mantenere fresco l'ambiente, così il vino non fa l'olio e non si trasforma in aceto. Quando il vino fa l'olio, diventa pastoso e scipito, da bere è disgustoso. Quando si trasforma in aceto, diventa talmente acido che sembra di mandar giù del vetriolo.

Per tenere la tinaia al riparo dal caldo, il nonno ha piantato tanto tempo fa, sul lato sud, un nocciolo che ora è diventato enorme. Tutto intorno alla vecchia casa ha messo delle viti a spalliera i cui grappoli maturano al sole e lo profumano, circondati dal volo crepitante delle api. È orgoglioso, il nonno, sa che tutti lodano la qualità del suo vino, gustoso, leggero, dagli otto ai nove gradi a seconda delle annate, e della sua acquavite da cinquantasei gradi, tranne le tre o quattro bottiglie da ottanta che servono a curare tutti i mali: di pancia, di stomaco, di denti, di testa, i reumatismi, le ferite, i dispiaceri, la malinconia, la noia, tutto insomma. Non si risparmia. La vigna ha bisogno di molte cure, per tutto l'anno, inoltre occorre scegliere i vitigni e dosarli in modo da ottenere il giusto aroma. È una vera e propria arte. E poi dopo bisogna vendemmiare con gente poco seria che non si prende la briga di raccogliere i chicchi caduti sotto le piante, e guai ad arrabbiarsi, ci si ripassa dopo. Bisogna far bollire il mosto, abbastanza ma non troppo, spillare il vino novello, poi travasarlo tante volte quante è necessario, a seconda degli anni, lavare accuratamente le botti, disinfettarle bruciandoci dentro lo zolfo. E lui pensa sempre: Che lavoraccio per un vecchio della mia età. Ma è contento. Il suo vino è buono e gli fa onore.

Pensa a tutte queste cose, la nonna. Aspetta, vestita a festa, sulla panchina nuova, con in grembo le mani intorpidite dall'ozio.

Finalmente il nonno torna dal suo bagno lontano. Ha i capelli fradici e tutti ingarbugliati. Sul volto, rivoli di sudore gli scorrono nei solchi delle rughe. Dice:

« Adesso bisogna che mi metta addosso qualcosa di pulito e che mi lavi la faccia e i piedi, con questo sole folle e tutta questa terra, capirai. Non hai idea per quanti chilometri ho dovuto risalire il ruscello prima di trovare un po' d'acqua corrente e limpida. E ovunque una siccità che fa male al cuore. Il granturco sta diventando tutto grigio e spento. Le foglie si accartocciano e penzolano, come implorando di bere. E loro sono in giro per queste strade piene di pericoli, col bambino, per giunta. Chissà se almeno hanno pensato a portarsi dietro da bere ».

E lei:

« La conosci, tua figlia, pensa a tutto. Hanno di sicuro da bere ».

Il nonno va al pozzo a lavarsi, poi indossa degli abiti puliti, una camicia a quadretti vivaci, comprata apposta al mercato, i pantaloni di tela grigia, i calzini nuovi e i sandali di cuoio che ha spalmato di grasso di maiale, strofinato, rispalmato e ristrofinato. Luccicano. Si pettina davanti allo specchio attaccato alla maniglia della finestra poi raggiunge la nonna sulla panchina.

«Pensi che debba mettermi il berretto o va bene così?» chiede.

Lei lo guarda attentamente.

«Va bene così» dice. «Con il berretto gronderesti di sudore e dopo non ti si potrebbe guardare».

«Hai ragione» dice. «Io, però, senza il berretto e i calzini mi sento nudo».

Entra in casa e torna armato di specchio e forbici.

«Senti, mi taglieresti i peli che mi escono dal naso e questi altri, sul bordo delle orecchie?» chiede. «Ci ho provato ma non ci sono riuscito».

La nonna taglia delicatamente, con la punta delle forbici. Lui sta fermo immobile, teme che se si muovesse lei potrebbe ferirlo. Si guarda nello specchio. Si dice: Ricresceranno, ma almeno stasera non si vedranno.

Si siede accanto a lei sulla panchina e si mette, anche lui, ad aspettare. Guardano tutti e due in lontananza. Aspettano. Lui dice:

«Forse dovresti accendere il fuoco, ci vuole una bella brace per il girarrosto».

«È troppo presto» spiega lei. «Non arriveranno prima di due o tre ore, minimo. È un viaggio lungo, e con questo caldo, poi».

Smettono di parlare. Guardano oltre le colline coronate da grandi boschi come da tanti berretti, attenti a ogni rumore. Lui dice:

«Ho preparato il lardo per ungere la carne. L'ho messo nella dispensa in cantina, accanto allo spiedo. L'ho avvolto nella carta da lettere, la carta oleata è finita. Mettilo a scaldare insieme allo spiedo, non troppo vicino alle braci, la forchetta che ho fatto è abbastanza lunga».

«Lo so, lo so» dice lei.

«Sì» spiega lui. «Ma stasera non siamo soli, ci sono i

ragazzi e il bambino. Dobbiamo fare ancora meglio del solito».

«Lo so,» dice di nuovo lei «è da un anno che aspetto. Ho tirato fuori i porcini, li farò grigliati, con un po' d'aglio e prezzemolo, saranno buonissimi. E il fegato d'oca, l'ho guarnito con i capperi. Si leccheranno i baffi».

«Forse è troppo per una sera sola» dice lui.

«Non lo so. Ma dopo aver passato tutto il giorno in macchina, a mangiare il loro pane senza sostanza e quel prosciutto triste, pallido come la cartapesta, senza quasi bere, per giunta, non sarebbe male se mangiassero qualcosa di buono che li rimettesse in sesto. Almeno così mi sembra».

Restano lì a lungo, immobili sulla panchina, a guardare in lontananza. Lei ha male alle gambe e ai piedi, che si stanno gonfiando. A lui dà fastidio la camicia nuova, le cuciture gli fanno prudere la pelle. Di tanto in tanto va a bere un po' di latte allungato con l'acqua e salato. Ne porta una tazza anche a lei. Ricominciano ad aspettare. Alle cinque lui dice:

«Forse adesso dovresti accendere il fuoco, se vuoi avere una bella brace e avviare bene il girarrosto».

«Lo sai che, a parte il viaggio, passeranno in campeggio a sistemare la roulotte,» spiega lei «forse vorranno anche lavarsi e cambiarsi, li conosco, non sopportano di avere la pelle salata e che pizzica per il sudore. Per tutte queste cose ci vuole tempo. Aspetterò ancora un po'».

«Sarebbe più semplice se campeggiassero qui, di posto ce n'è abbastanza. Abbiamo tutto quello che serve, la doccia, il lavandino, il gabinetto di decenza in fondo alla stalla, e poi il ruscello, il vino, la verdura, la carne, di cos'altro avevano bisogno, mi chiedo».

«Te l'hanno già spiegato» dice lei. «Vanno in un campeggio speciale dove ci sono soltanto professori e maestri. Stanno tra di loro, no? Forse addirittura si conoscono tutti, non lo so. La mattina fanno fare i compiti delle vacanze al piccolo, e gli altri lo stesso, così i bambini studiano tutti insieme o quasi, durante le vacanze come a scuola. E poi ci sono una piscina, un campo da tennis, delle sale riunioni e molte altre cose che ora non ricordo. Perciò si trovano meglio lì che qui».

«Può darsi che lì sia meglio che qui da noi, in campagna» dice. «Ma forse, durante le vacanze, farebbero bene a vedere anche gente che fa un mestiere diverso dal loro. Io la penso così. E il bambino avrebbe un mucchio di cose da imparare, qui, con tutte queste piante, e gli animali, e i lavori, e noi. Non lo conosciamo neanche».

«Sono fatti loro» dice lei. «Sono contenti così».

«Hai pensato a preparare qualcosa che possano portare via?» chiede lui.

«Ho preparato una cassetta con tutte le verdure che abbiamo, e delle uova, un po' di salame e altre cose. Stamattina ho ammazzato apposta una faraona. Lo sai come sono. Ogni anno si inventano una dieta nuova, non sai mai come regolarti».

Smettono di parlare. Spiano i rumori che provengono dalla strada, a disagio nei loro vestiti nuovi. Guardano le colline dolci, il cielo bianco. La cagna sonnecchia, sdraiata a terra per il caldo.

Alla fine la nonna torna in cucina, si rimette le vecchie ciabatte e il grembiule sporco, ne ha preparato uno tutto pulito, ben stirato e quasi nuovo per quando servirà la cena. Accende il fuoco nel grande camino. Lui la guarda. Lei pensa: Speriamo che sia tutto buono, sono così schizzinosi. La cucina le sembra bella con la tovaglia, la tavola apparecchiata, i fiori. Pensa: Comunque non potranno dire che è sporco, dopo tutto il tempo che ho passato a pulire. Noi qui ci sentiamo come a disagio quando è troppo pulito, loro invece sono abituati così.

Quando le prime braci sono pronte, sistema lo spiedo di carne sul girarrosto e lo carica girando la manovella. Sparge le braci in modo uniforme, mette la lunga forchetta con il lardo un po' lontana dal fuoco perché non si sciolga troppo in fretta. Ha molto caldo. Aspetta ancora per controllare che vada tutto bene. E poi esce con il sacco e le bottiglie coperte da uno strofinaccio pulito per via del sole.

« Vado a spillare il vino » dice.

« Sì, e io vado a dare da mangiare ai conigli ».

« Mettiti il grembiule, se no ti sporchi ».

Nella tinaia il fresco è così piacevole che la nonna si siede su un barilotto e se ne sta lì a respirare, finalmente. Poi apre il rubinetto e riempie le bottiglie. Le piace il canto allegro del vino che scorre abbondante facendo un po' di schiuma. Prima di andarsene, prende il bicchiere che lasciano sempre sulla botte e assaggia il vino. Le scende fresco in corpo, la rilassa dopo tanti giorni e tante ore di attesa. È tutta contenta. Fuori le piomba addosso il caldo torrido. Si affretta, il vino non deve prendere una botta di calore. Bisogna che si sbrighi a portarlo nella cantina dentro casa, dove si manterrà fresco e buono.

Non appena mette piede nel cortile della fattoria ecco che arriva una macchina, accolta dall'abbaiare intempestivo della cagna che salta all'estremità della catena fin quasi a staccarsi la testa. Sono loro, finalmente. Si precipita in casa per riporre le bottiglie in cantina. Poi rispunta fuori, tutta rossa per la gioia, l'eccitazione, e anche il dispiacere. Non se l'era immaginato così, il loro arrivo, durante questo lungo anno in cui lo aveva sognato. Si diceva sempre: Saremo tutti e due seduti sulla panchina, belli puliti e vestiti a festa, senza leggere né altro. Saremo lì ad aspettare. Loro capiranno e saranno contenti di essere stati tanto attesi. Ecco come avrebbe voluto che andassero le cose, la nonna.

Il nonno, a sua volta, è spuntato fuori dalla stalla dove i conigli vivono in quelle che erano le mangiatoie. Ha le mani verdi d'erba e il grembiule sporco. Subito la nonna pensa che anche lei ha il vecchio grembiule sporco e le ciabatte sfilacciate. Non può lasciarli tutti soli in cortile e andarsi a cambiare. Se potesse permetterselo, piangerebbe, ma non deve.

Sua figlia è sempre così bella, fresca, in ordine, e suo genero è come lei. Pensa: È un signore, si vede. Il bambino si nasconde dietro di loro, sbucano fuori soltanto i ricci castani e capricciosi. È cresciuto. Lei li bacia tutti, non osa stringere sua figlia a sé, né prendere il bambino fra le braccia. Ammira solo, estasiata, il loro bell'aspetto, i cambiamenti del bambino che è così carino, e dice tutta la gioia che prova nel vederli finalmente. Il nonno fa lo stesso. Dice:

« Mi stavo occupando dei conigli » e intanto mostra il grembiule « e lei sta facendo da mangiare, ci si sporca molto ».

Lei dice:

« È da tanto che vi aspettiamo, lì, seduti sulla panchina. Non abbiamo smesso di aspettarvi per tutto l'anno. Ma arriva sempre il momento in cui bisogna fare le cose di tutti i giorni, per gli animali, per voi, per noi. Non si può restare sempre vestiti a festa ».

Per un attimo nessuno dice niente. Poi la figlia guarda la panchina nuova:

«Finalmente vi siete decisi a buttare la vecchia panca! Era talmente brutta che non la si poteva guardare».

Nel frattempo il bambino comincia a lanciare dei sassi ai piccioni appollaiati sul ciglio del tetto.

«Smettila» dice bruscamente il nonno. «Così romperai le tegole, avremo delle infiltrazioni e poi chi andrà a rimpiazzare le tegole rotte?».

«Sta' zitto» dice la nonna.

«Vado a finire quello che stavo facendo» dice il nonno.

Torna nella stalla. Il bambino lo segue. Vuole sempre accarezzare i conigli, che non vogliono essere accarezzati. L'anno scorso si era messo in testa di addomesticare una bella coniglia tutta bianca, dal pelo lungo e setoso. La portava a brucare nel prato, dietro casa, tra i fiori azzurri delle cicorie selvatiche. All'inizio la coniglia aveva molta paura. E poi, a poco a poco, ha cominciato a riconoscerlo, si è messa a mangiare e a saltellare per raggiungerlo non appena lui la chiamava. Come nome aveva scelto Marguerite. La cosa più triste è stata quando è arrivato il momento di partire. Voleva portare con sé Marguerite. I genitori dicevano:

«Ma in casa dove la mettiamo?».

«In una grande gabbia» diceva lui.

«Certamente, e che cosa mangerà nella tua gabbia?».

«La porterò in giardino, c'è un sacco di erba».

«Così la portinaia ti caccerà, e gli altri pure, e saremo costretti ad andarcene tutti».

Il bambino piangeva e piangeva. Sono partiti. Dal finestrino aperto della macchina continuava a chiamarla:

« Marguerite! La mia Marguerite! ».

Il nonno e la nonna non hanno mai voluto ammazzare la coniglia. È morta da sola di mixomatosi. Gemeva piano piano, con una specie di lamento debole e prolungato.

Una volta finito con i conigli, il nonno si è tolto il grembiule, si è rimesso i sandali, si è lavato le mani e ha raggiunto il genero sulla panchina. Il bambino lo seguiva. Il genero gli ha detto di andare a giocare. Lui è corso via, a girare intorno alla casa.

« Sono andate di sicuro a vedere i fiori del giardino e l'orto ».

Aspettano, parlano del caldo, della nuova macchina, una Citroën con il motore diesel che consuma poco e non inquina l'aria come le altre.

« Forse è ora di mangiare » dice il nonno. « Ormai la carne sarà cotta, se la si lascia troppo, si secca tutta. Vado a ungerla di lardo ».

Va in cucina, abbassa la fiamma sotto gli spaghetti. Scalda il lardo già trasparente all'estremità della forchetta. Quando il lardo comincia a gocciolare, lo fa scorrere lentamente sopra allo spiedo. Ogni goccia, cadendo sulla carne rosolata, produce uno spruzzo azzurrino e uno sfrigolio. Il genero osserva con attenzione quei gesti rituali che conosce. Il nonno è contento.

La nonna, la figlia e il bambino tornano. La nonna si è messa il grembiule pulito, le scarpe della domenica, è anche meno rossa. Si siedono a tavola. Il genero posa vicino a sé una bottiglia di vino a buon mercato, il nonno porta due bottiglie del suo vino, freschissime, che subito si velano di condensa. Tutti mangiano con evidente piacere. La nonna è contenta. Quando il nonno fa il gesto di versare il suo vino, la figlia e il genero rifiutano.

«Grazie. Abbiamo portato il nostro, siamo abituati a quello. Il vostro ci fa venire il bruciore di stomaco».

«Il mio vino, acidità di stomaco?» dice il nonno con la voce alterata. «Ma se è il migliore della regione e il più puro! È fatto con l'uva e basta!».

«Lo so» dice il genero con voce piatta. «Ma a noi fa male».

Il nonno è pallidissimo, ha gli occhi lucidi.

«Non importa» dice la nonna. «Ognuno ha le sue abitudini».

«Ma il vino dei negozi è tutto contraffatto, non è vero vino. C'è chi dice che è fatto solo di zucchero fermentato e coloranti e altre cose che servono a dargli un po' di sapore. Il mio vino, invece, ci fa onore a tutti, un tempo lo vendevo persino ai ristoranti del capoluogo, questa sì che è una prova e un motivo di orgoglio per un uomo di campagna che vuole che i suoi prodotti siano buoni. Perché chi fa le cose male dev'essere punito, è naturale, ma chi le fa bene è giusto che sia ricompensato. È così che deve andare, se no a che serve vivere, dico?».

«Non ha importanza» dice la nonna, sull'orlo delle lacrime. «Lo stomaco di chi sta in città si abitua, per forza, dopodiché non gli piace cambiare».

Parlano un po' di tutto, del lavoro, del tempo instabile, della vendemmia, delle vacanze e del bambino che va bene a scuola, di niente, insomma. Mangiano il fegato d'oca, i porcini carnosi, con l'aglio e il prezzemolo, gli spaghetti, i piccioni e il fegato di maiale, l'insalata riccia con il roquefort e i gherigli di noce, la torta di mele caramellate. Il piccolo mangia con una faccia felice, i grandi stanno zitti e mangiano ma, di tanto in tanto, la figlia fa i complimenti alla madre per le sue doti culinarie. Allora il viso della nonna si schiude come un fiore. A tratti parlano ancora un po', del lavoro, della siccità, della disoccupazione, delle assicurazioni e delle vacanze, della città e della campagna, di tutto e di niente.

Ciascuno ha bevuto il suo vino, tranne che con la torta. La nonna ha portato una bottiglia di spumante, l'ha tesa al genero e ha detto, perentoria:

«Aprila e versane un po' a tutti. Questo non è di qui».

Il genero ha obbedito.

Appena finito di mangiare, i ragazzi e il bambino si sono alzati.

«Dobbiamo andare, adesso».

Senza dare ascolto alle proteste, hanno baciato in fretta il nonno e la nonna e sono saliti sulla loro bella macchina che non sporca l'aria. La nonna è corsa a prendere la cassetta di verdure freschissime, raccolte ancora piene di rugiada prima dell'alba, per dargliela. Ma loro sono già spariti. Ha buttato tutto in mezzo al cortile.

In cucina ha guardato l'orologio. Pensa: Sono rimasti meno di un'ora, e noi abbiamo aspettato quest'ora per un anno. Si è rimessa gli abiti da lavoro, le ciabatte e, piangendo, ha rassettato, pulito la tavola che è sottosopra e lavato tutti i piatti.

Una volta terminato, ha raggiunto il nonno che, vestito come gli altri giorni, stava innaffiando il giardino.

«Non ho neanche pensato a dargli la faraona» dice, sempre piangendo.

«E allora?» dice lui, senza alzare la testa. «Va benissimo così. Dalla alla cagna, lei sì che ha fame ed è una brava cagna».

Alla fine, il nonno e la nonna si risiedono sulla loro bella panchina bianca. Restano lì, con le mani in grembo, a guardare il volo vellutato dei pipistrelli nel crepuscolo violaceo.

Guarda come sono vecchie,
come sono vecchie le due lucertole!
Guarda come sono vecchie,
come sono vecchie entrambe!
Ahi, come piangono e piangono
le due lucertole!
Ahi, come piangono e piangono ancora
le due vecchie, vecchie lucertole!

FEDERICO GARCÍA LORCA

Lei

Non è vero che se ne è andato, stasera lo sento. Aspetta sul binario della stazione che io torni da lui. Ieri, accanto al treno, mi ha messo le mani sulle spalle, mi ha spinto via, ha detto:

« Vattene, ora ».

È rimasto dietro di me, immobile.

« Te ne devi andare ».

Mi sono incamminata verso l'uscita, poi ho aspettato. Non è venuto.

« Ora te ne devi andare ».

La sua voce risuonava sempre più forte, mi trascinava come un'onda verso un altrove senza di lui.

Non è vero che se ne è andato. Stasera mi aspetta sul binario. Cammino nella notte verso la stazione dove c'è lui. Per vedere i treni basta un biglietto di accesso ai binari. Il suo treno c'è, ne ero certa.

Percorro tutti i vagoni. Sono pieni di facce. Qualcuno mi offre un posto a sedere. Non voglio un posto, sto cercando. Chissà che non l'abbiano visto. Bisogna attraversare tutti i vagoni. I treni sono lunghi. Forse non è ancora arrivato. Sa che lo aspetto. Arrivo in fondo al treno. Il binario fa una curva, devo percorrerlo in senso inverso. La luce malata dei neon ha pervaso ogni cosa. Ad aspettare, qua e là, ci sono le stesse coppie di ieri, immobili come lampioni. Mi chiedo se i lampioni vengano disposti a intervalli regolari. Non lo so. Fa freddo.

Nella luce polverosa, giallastra, la stazione rivela le strutture metalliche e i muri sporchi, gli oggetti custodiscono gesti taglienti. Bisognerebbe sopprimere tutti i treni. Le persone non sarebbero più costrette a lasciarsi, nessuno verrebbe abbandonato. E poi le stazioni, i treni, i binari invasi dalle macchinette a gettoni, da coppie già separate, quanta bruttezza. Forse non è un caso. Se non ci fosse questa bruttezza moribonda, molti si suiciderebbero, e invece non lo fanno. Si può voler morire in un prato di fiori, nell'acqua di un ruscello tra gli scuri ciuffi di crescione dove danzano le libellule, nell'ombra azzurra di un pozzo, ma non su vecchi scaracchi verdi, su mozziconi schiacciati, su cartacce sparpagliate e sporche.

Ho freddo. Aspetto. Lo vedrò non appena arriva, tengo d'occhio l'entrata. Non c'è molta gente, i treni sono partiti quasi tutti. Restano solo le coppie di ieri che saliranno sul suo treno. Forse stanno male.

Non arriva. Non voglio più vedere queste coppie distrutte dall'attesa, immobili sotto i lampioni. Vado ad aspettare nell'atrio. Dov'è il mio biglietto d'accesso? Il controllore ha la faccia anemica di chi non ha avuto la sua razione di sole e di biglietti. Mi chiederà il mio. Eccolo, signore. Mi guardi pure. Non sto male, io. Non voglio.

L'atrio di questa stazione è insolito, i miei passi rompono di colpo il silenzio e poi rimbombano come in chiesa. Ci sono un sacco di carte per terra, come sul binario, sporche perché calpestate da piedi impazienti, tormentate, fatte a pezzi, oppure piatte e flosce, che si lasciano andare. Sono appartenute a qualcuno, felice o infelice. Chissà. Chissà perché non arriva.

Luoghi come questo, c'è chi li chiama le sale di chi non è perduto,[1] l'avevo dimenticato. È un nome strano, ironico e perfino crudele, perché qui viene chi è perduto e chi non lo è. Chi è perduto non dovrebbe venirci. I miei andirivieni sonori non sono permessi, lo capisco dallo sguardo di disapprovazione del controllore. E pensare che il suo compito è semplice, ci sono solo io, da controllare. I suoi occhi, che mi seguono ovunque, dicono: nella sala di chi non è perduto chi è perduto non può restare, altrimenti che ne è dell'ordine. Ognuno al suo posto e andrà tutto bene.

Lei ha sicuramente ragione, signore, d'altronde sto per uscire. Ma prima mi lasci spiegare. Restavo qui perché sto aspettando, volevo vedere ancora una volta il treno. Lo so, lei ritiene inopportuna la mia presenza. Stia tranquillo, fra poco me ne andrò davvero. Ma riconoscerà, signor controllore, che tutto questo è ingiusto. A lei non importa nulla, eppure le è permesso guardare i treni quanto vuole, mentre io non posso. Sarà almeno d'accordo con me che non è molto logico né molto umano. La società nazionale delle ferro-

1. L'espressione francese *salle des pas perdus*, usata anche in italiano («sala dei passi perduti»), indica tutta una serie di luoghi di passaggio: gli atrii delle stazioni, le anticamere degli edifici pubblici, eccetera. In francese tuttavia si presta anche a un'altra lettura. Se interpretiamo il *pas* come la particella negativa francese, *salle des pas perdus* assume il significato di «sala dei non perduti, di chi non è perduto». Su questo doppio senso, impossibile da rendere in italiano, gioca qui e più avanti l'Autrice [*N.d.T.*].

vie dovrebbe preoccuparsi di più dei bisogni delle persone, di quelle che partono ma anche di quelle che restano. Non vuole rispondermi, si attiene agli ordini, benché insensati. Uscirò, per non procurarle noie. Lei è un uomo crudele, signore. Dovrebbe capire che il mio è un caso particolare e difficile. Non vuole saperne. Evidentemente ritiene che siano i casi particolari a causare disordini nel mondo. Uscirò, adesso, dal momento che il suo sguardo lo esige. Le dirò solo una cosa, che molto probabilmente la deluderà: non sto male, signore.

Mi siedo sui gradini della stazione. Qui posso restare quanto voglio, non si paga perché non è un giardino pubblico. Nessuno può dirmi niente. D'altronde ho l'impressione che le scale siano fatte per i casi dubbi, il controllore ha ragione.

Osservo gli ultimi viaggiatori. Arriverà anche lui, è quasi ora.

Chissà che faccia farà il controllore vedendoci attraversare l'atrio insieme. Non potrà più dire che per me non c'è posto nella sala di chi non è perduto. Non avrò più motivo di restarci, nella sua sala. Il permesso di entrarci non mi servirà più a nulla. Mi è indifferente, anzi dovrebbero eliminarla.

È ora. Vieni.

Il treno sta per partire.

Il treno fa un frastuono di ferraglia. Non fischia. Devo alzarmi, ho freddo seduta su questi gradini di pietra. Prima o poi dovrò pur tornare a casa.

Cammino nella notte che ha dentro sé i treni. I treni sono tutti partiti. Le notti della terra sono percorse dalla follia dei treni neri. Vanno in tutte le direzioni come lunghi bruchi urlanti, condannati a non incontrarsi mai se non vogliono distruggersi. Dovunque i treni fuggono e si sfuggono, le persone si cercano e si sfuggono, i treni gridano.

Devo tornare a casa. Cammino lentamente nella notte dei treni.

Domani tornerò.

Oggi potrei ricevere la prima lettera. Ho calcolato tutto, il numero di giorni trascorsi da quando se ne è andato, il tempo necessario per sistemarsi, i giorni in cui arrivano gli aerei, tutto. Oggi potrei ricevere davvero la prima lettera. Vivo aspettando che arrivi stasera, che arrivi il momento in cui aprirò la cassetta. Che sciocchezza è stata venire al lavoro. Ho voglia di rientrare a casa. Potrei trovare un pretesto qualsiasi, che non sto bene, che devo andare a prendere qualcuno alla stazione, fare un viaggio urgente, una cosa qualsiasi. Potrei anche andarmene senza avvertire. A che serve star qui ad ascoltare il brusio delle chiacchiere dei ragazzi, dei professori, sempre le stesse cose. Ad aspettarmi, nella cassetta, c'è la lettera.

Qualcuno potrebbe rubarmela. Ci sono tante persone malvagie, capaci di prendersi le lettere altrui solo per il gusto di compiere una cattiva azione, oppure perché nella loro cassetta deserta non arriva mai nulla. È triste, lo capisco, ma non è una buona ragione. D'altronde che se ne farebbero di una lettera scritta a un altro da qualcuno che neanche conoscono? Davvero, che cosa se ne farebbero? Non c'è niente di interessante nelle lettere degli altri. Non vale la pena di rubarmi la mia. Soprattutto questa.

E i postini! Lasciano la bicicletta con la borsa piena di posta dove capita. Chiunque può servirsi mentre loro, di prima mattina, vanno a bersi il solito bicchiere di vino, rosé o bianco, e a parlare di sciocchezze con gli altri bevitori. La bicicletta, è ovvio, non possono portarla nel bar, ma la borsa sì. E poi infilano le lettere nelle cassette a caso. Ci sono persone serie che ti riportano le lettere, ma ci sono anche quelli che se ne fregano e le buttano via tranquillamente o che addirittura le leggono prima di buttarle via. La gente è tutta matta. Non si prenderanno la mia lettera, non questa, sarebbe troppo ingiusto. No, stasera l'avrò.

Non la aprirò subito. Salirò prima le scale, novantanove gradini. Sono tanti. Non devo correre né salire i gradini a due a due come faccio a volte. Salirò lentamente, tanto più che sono stanca, e anche serenamente, la lettera è arrivata, è al sicuro. La stringerò forte nella mano. O piuttosto la metterò nella cartella. Se, per distrazione, la facessi cadere, mi è già capitato, e qualcuno la raccogliesse, come recuperarla, poi? Sarebbe terribile. Non potrei più rispondergli, crederebbe che l'ho dimenticato. Che follia. Non potrei dimenticarlo, a meno di non perdermi io stessa.

Metterò la lettera nella cartella. È una busta per posta aerea come tante altre, insignificante, se non fosse che a me le buste per posta aerea mi hanno sempre fatto sognare. Nessuno può immaginare che cosa contiene, nemmeno io, nessuno può desiderarla e cercare di prendermela. Nonostante tutto, per essere più sicura, quando sarà il momento di aprire la cassetta controllerò che non ci sia nessuno nell'ingresso del palazzo. La diffidenza non è mai troppa. Per questo, non appena avrò la lettera, chiunque sarà per me un potenziale ladro.

Meglio, allora, che salga i gradini a due a due e correndo, nonostante la stanchezza. D'altronde non è vero, non sono affatto stanca. E non starò certo a contare i gradini, né a perdere tempo fermandomi a ogni pianerottolo per fare le boccacce agli spioncini delle porte, trentasette in tutto. Salirò il più rapidamente possibile. Aprirò la porta. Sperando che non sia bloccata come l'altra sera, quando ho dovuto posare le mie cose per terra e girare la chiave con tutte e due le mani. Stasera non mollerò la cartella un solo secondo. La porta non sarà bloccata, sarebbe assurdo, l'eccezione non fa la regola.

Aprirò la porta, entrerò, mi chiuderò dentro a chiave. Poserò le mie cose sul tavolo. Andrò a lavarmi le mani, sono sempre sporche dopo una giornata di scuola. Non si leggono le lettere con le mani bianche di gesso. Ho un bel sapone color ruggine, al succo di carota, o almeno così era scritto sulla confezione. Ho riso molto pensando che a qualcuno era venuto in mente di fare il sapone con le carote. Durante la guerra questa invenzione sarebbe stata utile a tutti quelli che si fabbricavano il sapone da soli. Non si scoprono mai le cose al momento giusto. E comunque sarebbe divertente leggere sui grossi pezzi di sapone: 100% carota. Sì, sarebbe buffo all'inizio, poi ci si abitua, non ci si stupisce più di niente. Peccato.

Mi laverò le mani con il mio sapone color ruggine, in fretta e bene. Forse, prima di leggere la lettera, farò un bagno per togliermi di dosso i cattivi odori del metrò. Lo faccio tutte le sere. È una cosa che scandalizzerebbe quelli che si lavano solo la domenica, come altri vanno a messa o comprano dolci. Il vantaggio di queste abitudini è che rendono la domenica un giorno diverso dagli altri. Può essere una bella sensazione.

Quando ero una studentessa, mi piaceva molto il sabato perché andavo ai bagni pubblici. Erano sempre pieni di gente con l'asciugamano e il nécessaire. Sotto la doccia fischiavano o cantavano a squarciagola accompagnati dall'allegro rumore dell'acqua. Quando uscivano dalle docce, dopo essersi lavati e aver sfruttato fino all'ultimo i venti minuti previsti dal regolamento, erano tutti rosa, la pelle sembrava stirata e ridevano. Il bagno era pieno di vapore tiepido e di profumi. Si stava bene. Ci restavo a lungo, cedendo il turno ad altri. Alla fine mi lavavo con l'acqua bollente per accumulare tutto il calore possibile. Poi dovevo andarmene. Perdevo il calore lungo la strada, arrivavo a casa gelata. All'epoca il sabato mi piaceva.

Nonostante tutto credo che chi possiede una vasca da bagno dovrebbe trovare un altro modo per festeggiare il fine settimana anziché restare sei giorni sporco e maleodorante per potersi lavare il settimo. A casa di mia madre, per esempio, non ci lavavamo mai la domenica, né gli altri giorni. A Natale e a Pasqua sistemavamo la grande tinozza del bucato nella stalla per sfruttare il calore delle mucche. La riempivamo di acqua calda e mia madre ci lavava a turno, dalla più piccola alla più grande, in quest'ordine. Ci lavavamo anche il quindici agosto, ma nel ruscello, sempre dalla più piccola alla più grande. Non litigavamo mai, ognuna rispettava il suo turno. Poi ci sentivamo nuove e leggere.

Da noi, per rendere unica la domenica, la mamma ci mandava a messa, almeno una delle figlie in rappresentanza della famiglia. Poi, al posto della zuppa, c'era il riso o la pasta. Mangiavamo anche la carne, di maiale o di pollo.

Stasera, prima di leggere la lettera, mi laverò. Non devo cambiare le mie abitudini e barare, non sarebbe corretto. Al limite potrei concedermi di leggerla restando nell'acqua calda, come mi capita di fare con il giornale, a volte lo lascio perfino cadere nell'acqua, per la stanchezza. Che cosa terribile. Se la lettera cadesse nell'acqua sarebbe peggio che sulle scale. L'inchiostro si diluirebbe, non potrei più leggerla. No. Aprirla in bagno è fuori discussione. È qua, l'ho aspettata per tanto tempo, posso aspettare ancora mezz'ora.

Poserò la lettera sul caminetto di finto marmo nero con le venature bianche, bene in vista. Chiuderò le due finestre. Se non c'è corrente, non può sparire. Con il vento folle di oggi, se vola per strada, l'ho persa per sempre. Scendo le scale a tutta velocità. Non ci sarà nessuno che io debba spintonare o addirittura far cadere per passare. Corro per strada. Chissà dov'è caduta o dove l'ha portata il vento! Ci sono macchine e carte sporche ovunque. Devo guardare sotto a tutte.

E intanto, la mia lettera può volarsene da un'altra parte, insieme alle foglie secche dei castagni. Si bagnerà. In tutti i canali di scolo imputridisce un'acqua sporca, maleodorante, piena di occhi iridati. Forse finirà in un tombino o verrà risucchiata dal finestrino di uno scantinato. Persa. Persa per sempre senza che io abbia avuto il tempo di leggerla. La gente è matta, le strade pericolose, con tutti quei buchi che non si notano e che, come trappole, minacciano i passanti che non sanno cosa sia la diffidenza. Gli scantinati umidi nei quali chiunque può finire sono insopportabili come le fogne. E nessuno dice niente.

La portinaia è stata l'unica a mettermi in guardia. Lo scantinato del palazzo, che è molto vecchio, è pieno di porte segrete da cui si accede a sotterranei bui, tortuosi, dove vivono bestie striscianti e viscide. Lo sa bene, e l'ha detto, lei, figlia, nipote e bisnipote di portinaie di questo palazzo tarato. Durante le guerre, nei sotterranei ha nascosto gente ricercata dalla polizia. Io, ho detto, avrei preferito consegnarmi alla polizia piuttosto che restare chiusa lì dentro. È vero che spesso anche le prigioni sono delle segrete, quindi non c'è scampo.

Stasera, arrivo a casa, apro la cassetta delle lettere, prendo la lettera, la tiro fuori dalla busta, su due piedi imparo a memoria l'indirizzo, poi la leggo. Così, anche se volesse volarsene via, perdersi nelle fogne o marcire in uno scantinato dove strisciano bestie viscide, non sarà così grave. Una soluzione per evitare questa sventura sarebbe quella di mangiarla come fa chi vuole esser certo che nessuno possa mai leggere il biglietto segreto che ha ricevuto. Ma non lo farò.

È arrivato dicembre. Mi alzo come al solito per andare a scuola. Mi preparo con cura, lentamente. Non ho più motivo di affrettarmi. M'incammino nel viola cupo dell'alba. Ormai la notte divora la luce ogni giorno di più. Prima di uscire apro tutte le persiane per cercare di vedere com'è il cielo, se è fitto di stelle o di nubi. Se è fitto di nubi, mi rimetto a letto. Andare avanti non ha più senso, non c'è niente da aspettare.

Il pomeriggio esco.

Spesso mi spingo fino a place d'Italie. Mi siedo sotto le paulonie spoglie che hanno ancora qualche capsula senza più semi. Allora mi ricordo della grande paulonia accanto alla casa di mia zia, in cima a una collina. In primavera andavo spesso a sedermi all'ombra dei suoi rami. Guardavo i grappoli lilla cullati dolcemente dal vento tiepido. Sognavo di incontrare un uomo che, come un albero, mi avrebbe preso tra i suoi rami. Quando sei piccolo non sai. Erano dei pomeriggi tranquilli.

A volte cammino per strada. Mi fermo davanti alle

vetrine, tutte pavesate per Natale. Nei negozi le commesse guardano. Io guardo gli oggetti come se dovessi scegliere ma non scelgo niente. Resto per strada finché non esplodono le tinte acide delle luminarie e i canti festivi.

Vado spesso a Saint-Julien-le-Pauvre perché ha un nome che vorresti consolare, perché è una chiesa minuscola, persa sotto l'edera che divora i muri, perché dentro non ci sono sedie, si può soltanto restare in piedi o inginocchiarsi a terra per ammirare le vetrate.

Salgo spesso anche al cimitero di Montmartre. È pieno di tombe a forma di casette. Mi piace guardare i ritratti dei morti fissati alle lapidi. A volte cerco di togliere i più commoventi, per portarli via, ma non riesco mai a staccarli. Ogni volta mi dico che devo tornare con un coltello, ma poi me ne dimentico, i coltelli mi fanno paura. Mi piacciono anche le vecchie tombe da tempo dimenticate che conservano ancora le loro corone di perline viola, lilla e bianche. Quando ero piccola, laggiù, lontano, a casa mia, andavo al cimitero del mio paese. È sul declivio di una collina, sempre pieno di sole, di lucertole pigre, e circondato da grandi cipressi neri, alti e rigidi. Rubavo i fiori di perle, spaventata al pensiero che il morto potesse alzarsi dalla tomba e punirmi. Sono sempre rimasta delusa, non è mai successo niente. Non sono più tornata a rubare i fiori imperlati.

Neanche qui rubo niente. Me ne sto solo seduta per un po' sulle pietre tombali più spoglie finché non scende la notte.

Mi piace anche tornare al Jardin du Luxembourg. Per molto tempo non ci sono andata. Mi rivedo con Lucette o con Nicole. Giocavamo a saltare sulle panchine, nelle luminose primavere di allora. Adesso c'è l'inverno di pietra.

A volte mi chiedo. E se le andassi a trovare, quelle mie amiche un tempo così dolci? E mi dico: Partirò, busserò alle loro porte. Apriranno senza fare domande, semplicemente. Forse potrei posare la testa sulle loro ginocchia. Forse potrei piangere. Ma non andrò a trovarle.

Faccio visita soltanto a tutte le donne di marmo del giardino. Mi sono sempre piaciuti i loro bei nomi antichi, pieni di mistero. Non so quali amanti abbiano riempito di luce i loro corpi, quali teneri afflati abbiano percorso la loro vita. Mi dico che prima di essere imprigionate nella pietra avevano tutte un corpo morbido, un cuore innamorato. Mi dispiace che siano state condannate a non concludere mai il gesto iniziato, condannate a restare per sempre in piedi sul loro piedistallo, eternamente esposte a tanti sguardi avidi o indifferenti. Trovo che avrebbero meritato di riposare, tranquille, nella terra. Ma mi dico anche che una volta sono state, tutte, nobildonne, che forse sono felici di essere ancora guardate da uomini e da donne come loro, capaci di capire i loro tormenti.

Dopo aver fatto visita a tutte loro, lentamente, come si conviene, mi vado a sedere su una delle panchine accanto al mucchio di sabbia dove giocano i bambini. Ci sono le madri, attente. Guardo. Le madri mi guardano. So che pensano, che ci fa quella lì, quella sconosciuta senza figli, a guardare i figli degli altri. Di certo aspettano che me ne vada. Io resto, guardo. Alla fine le madri mettono via la maglia o il libro. Portano i bambini da un'altra parte voltandosi con aria cattiva. Io resto seduta sulla panchina, ancora a lungo.

Una sera, cammino per strada, lentamente. Non c'è niente che mi aspetti. Alle mie spalle, sul selciato umido, risuonano dei passi. Accanto a me c'è un giovanotto, parla, regola il suo passo sul mio. Non dico niente. Per la strada, vociante e colorata, compro dei mazzi di calendule gialle e arancioni, per il loro odore carnale. Il giovanotto continua a parlare. Poi smette. Compra delle mele, me ne offre una, tonda e colorata.

« Mangia » mi dice.

Cammino con in mano la mela liscia.

Poi seguo un altro giovanotto sconosciuto in una camera sconosciuta.

Nell'ingresso del palazzo dove abito, mi aspetta la portinaia. Mi dice che da tempo non prendo più la posta nella cassetta, non c'è più spazio per mettere nient'altro. Prendo quello che c'è nella cassetta e getto tutto nel canale di scolo. Faccio lo stesso le altre sere.

Cammino per Montparnasse. Ci sono venuta dei giorni in cui il sole si riversava su ogni cosa come un violento, allegro acquazzone. Deve essere stato parecchio tempo fa.

Vago per la città deserta, imploro i muri di lasciare libere le ombre, così che io possa ritrovare la mia.

Arrivo davanti al negozio di dischi, ricordo. C'è la commessa che ci aveva servito, la guardo attraverso la vetrina. Lei custodisce in sé i miei ricordi.

Le sorrido. Le chiedo se mi riconosce. Mi guarda con attenzione, a lungo. Mi cerca nella sua testa. La sua faccia a poco a poco si svuota. No, non mi riconosce, perché glielo chiedo? Le spiego, non so dirle perché, ma per me è molto importante, deve ricordarsene. Sono già venuta con lui, ha gli occhi verdi come i prati, abbiamo comprato un disco, *La creazione*, Haydn, non può averlo dimenticato. Ride, un riso grazioso e spontaneo, vede così tanta gente ogni giorno, non può ricordarsi di tutte le facce. Insisto, è una cosa seria, deve ricordarsene. Ma sì che mi ha vista con lui che aveva quegli occhi del colore dei prati in primavera. Fa ancora uno sforzo, la guardo con tutta me stessa per aiutarla. È un attimo. Poi tutto sfuma. No, non ricorda niente. Le dispiace, deve occuparsi degli altri clienti.

Resto ancora nel negozio. Dentro di sé, la commessa custodisce l'immagine di me e di lui, anche se non lo sa. Forse a un tratto quell'immagine riaffiorerà e lei me la donerà. Con il pensiero la imploro di donarmela. Se capisce, ricorderà. Non capisce, chiusa com'è intorno ai suoi segreti. Aspetto ancora. Lei si dimentica di me. Esco.

Per strada una folla di persone cammina in fretta nel vento di ghiaccio. Si dirigono senza la minima esitazione verso luoghi precisi che solo loro conoscono. Hanno una famiglia, un appartamento confortevole dove deve essere piacevole sedersi dopo le fatiche e gli affanni. Forse hanno anche un cane che li aspetta, un cane che, se spariranno, si rifiuterà di mangiare e si lascerà morire lentamente, come si legge nei libri.

Resto appoggiata al muro a guardare. Non c'è niente da chiedere alla gente, ai muri, alle pietre. Lungo i muri sporchi, sotto gli alberi spogli trafitti dal vento d'acciaio, passano visi estranei.

Ed ecco che arriva. Anche lui ha sempre l'aria di vagare senza meta.

Non somiglia a nessuno, è vestito male, con la sua vecchia giacca dagli orli incerti. Soprattutto gli manca il braccio che gli hanno tagliato, tempo fa, laggiù, nel paese da cui è venuto. Porta sempre la borsa a tracolla e scandisce i suoi passi con il bastone di legno di nocciolo.

All'inizio non capisco che è lui. È morto da così tanto. Guardo semplicemente quella figura familiare. Poi a un tratto vedo la sua faccia sempre aureolata di ricci bianchi, l'aria altera, gli occhi chiarissimi, distanti. Un silenzio di pietra cala sulla strada. Avanza, lento, estraneo.

Non mi vede. Lo chiamo piano:

«Nonno!».

Non risponde. Lo chiamo di nuovo:

«Nonno! Nonnino!».

Mi passa davanti senza vedermi. Gli guardo la schiena con la spalla mutilata un po' più alta dell'altra, le gambe che ballano nei pantaloni, mentre lui continua a camminare lungo il bordo del marciapiede, accompagnando i passi con il bastone.

Gli corro dietro, lo chiamo di nuovo, perché mi riconosca:

«Nonno! Nonnino!».

Non si gira. Tutt'intorno il rumore aumenta, arrivano delle persone, lo coprono con le loro ombre. Non lo vedo più.

Oggi ho incontrato mio nonno, e non ha voluto riconoscermi.

I soli che si accorsero del cambiamento furono i suoi studenti. L'anno precedente avevano tentato di penetrare nella sua vita in tutti i modi, con i ricatti, con le lettere, studiando, non studiando, con i silenzi. Quando, ammalata, si era assentata a lungo, avevano creduto di perderla, le avevano scritto per implorarla di tornare e mettere fine alla loro attesa. Un giorno era tornata, ma così pallida, così fragile, che avevano di continuo paura per lei.

Quell'anno era ancora lì, davanti a loro, inaccessibile, e rispondeva a ogni loro richiamo con un'attenzione indifferente. Che aveva? Da quali immagini era attratta quando, guardando l'erba dei prati, si dimenticava di parlare? Sarebbero riusciti a richiamarla all'ordine? Le avrebbero scritto lettere piene di rimproveri, di ingiurie, di affetto? Alcuni scrissero. Lei non rispose. Sconsolati, pensarono di non essere riusciti a raggiungerla.

Allora finsero di non volerle parlare più neanche loro. Lei non si accorse di niente. Non sapevano più come abbattere il silenzio che li separava da lei.

Un giorno la guardarono, il suo corpo era diventato lucente, radioso. Capirono. Nacque in loro un odio selvaggio, un violento desiderio di ferirla. Non poterono manifestarlo perché lei rispose con la medesima assenza. Per riafferrarla aspettarono di veder morire il sole sulla sua faccia.

Passarono i giorni.

Sentirono che era cambiata di nuovo, non sapevano in che modo. Non era più persa in un altrove misterioso. Non guardava più il cielo limpido, i salici del cortile arricciati e spogli. Eppure non se ne rallegrarono, non riuscivano a ritrovarla. Era diventata opaca, estranea. Quando le sorridevano, sorrideva anche lei ma i suoi occhi restavano senza luce, persi in altri posti. Il suo viso puro si era spento, e che parlasse o stesse in silenzio c'era in lei qualcosa di sgomento che li sconvolgeva. Continuava a insegnare ma sentivano che il suo desiderio di emozionarli, di risvegliarli al mondo era morto, perché aveva perso la luce. Anche questo, lo capivano.

Come avrebbero voluto poterla aiutare! Ma temevano di non poterla più aiutare, che se ne fosse andata troppo lontano. O invece era ancora possibile trattenerla? Alcuni pensarono di sì, e si sbagliavano. Si rimproverarono di non averla saputa amare davvero, di averla abbandonata. Avevano il cuore gonfio di tutti i tesori dell'affetto represso. Le scrissero per dirglielo. Lei rimase in silenzio anche stavolta. Glielo perdonarono perché immaginavano che un'immane sofferenza, di cui ignoravano le ragioni, le avesse mandato in frantumi la vita. Anche in questo si sbagliarono, perché lei era ben oltre la sofferenza.

La guardavano attraversare il cortile, minuta e così pallida nel gelo, angosciati dalla loro incapacità di proteggerla da tutte le minacce che immaginavano, e allora come si sarebbe difesa lei che non vedeva niente? È con trepidazione che l'aspettavano ogni mattina. Quando alla fine arrivava, erano travolti da un'immensa ondata di riconoscenza. Fremevano dal desiderio di ringraziarla per essere venuta, anche stavolta. Non osavano farlo, non osavano più parlarle davvero. Eppure alcuni ci provarono. Si fermarono di fronte a quello sguardo perso. Se ne andarono spaventati, poiché avevano capito che non li avrebbe visti più, che ormai l'avevano persa definitivamente. Rimasero in silenzio e attesero nello sconforto i giorni in cui faceva lezione.

Continuò a venire.

Poi, un giorno di dicembre, non comparve. Non sapevano quanto sarebbe durata la sua assenza. Al rientro, dopo Natale, quando scoprirono che non sarebbe più tornata, ebbero la sensazione che il giorno diventasse notte.

Ma è molto probabile che provarono tutti al tempo stesso un profondo strazio e un senso di liberazione.

... tanto t'ho sognato, tanto ho camminato, parlato, dormito con il tuo fantasma, che non mi resta più, forse e tuttavia, che essere fantasma tra i fantasmi, e ombra cento volte più dell'ombra.

ROBERT DESNOS

Le carovane del sale

Era sabato, il penultimo giorno delle vacanze di Pasqua. Io, le mie sorelle e i miei genitori mangiavamo in cucina. Stavamo zitti perché eravamo tutti stanchi e perché, in ogni caso, a tavola stiamo sempre zitti, tranne mio padre che i giorni in cui è molto arrabbiato, cioè spesso, grida, e allora noi stiamo ancora più zitte e mangiamo persino senza far rumore per non beccarci un ceffone. Quel sabato, ricordo, c'era la zuppa di fagioli bianchi con dentro un po' di cotenna di lardo e le zampe essiccate del maiale ammazzato in inverno. Succhiavamo meticolosamente gli ossi con schiocchi rumorosi. Ne avevamo tutti fin sopra i capelli della zuppa di fagioli che dura tre giorni, di quella di cavoli, altri tre giorni, e della pasta col pomodoro della domenica. Ma non dicevamo niente per non far infuriare nostra madre, cosa che poteva avere brutte conseguenze per noi, e anche per non pensare alle zuppe primaverili che ci aspettavano, tre giorni con le fave, tre giorni con i piselli.

Stavo quindi succhiando tranquillamente gli ossicini della zampa di maiale, con la bocca e le dita appiccicose, pensando a cose mie, quando mia madre mi ha guardato e ha detto:

«Devi andare dalla zia Aimable a prendere il coniglio. La coniglia è in calore, bisogna portarle il maschio».

«È un pezzo, avrebbero anche potuto portarcelo loro» ha detto mio padre.

«Tant'è» ha tagliato corto mia madre.

Ho sputato nel piatto gli ossicini che tenevo in serbo all'interno delle guance e ho alzato la testa decisa a dire chiaramente che non sopporto la zia Aimable e lo zio Ernest e a volte non sopporto neanche mia nonna che vive con loro. E che le mie cugine sono delle idiote, non giocano per paura di sporcarsi e di prendere ceffoni dalla zia che non scherza mai, non ride mai, si veste sempre di nero da quando ha sposato lo zio perché dice che è così che fanno le donne rispettabili, e io non voglio essere una donna rispettabile, non mi piace il nero. Non ho avuto il tempo di parlare. Mia madre ha detto:

«Andrai al ruscello a lavarti i piedi e le mani come si deve. Ti metterai il grembiule e i sandali di scuola e, per una volta, potrai anche lavarti la bocca e le orecchie e pettinarti».

Ha ripreso a mangiare. Io ho fatto finta di rosicchiare un altro ossicino senza guardare nessuno né dare calci sotto la tavola alle mie sorelle che di sicuro se la ridevano in cuor loro, idiote come sono. Ho detto soltanto:

«Almeno nel frattempo non dovrò tagliare i cardi nel campo di grano».

«Tornerai per badare alle mucche» ha detto mio padre senza guardarmi. «E non dimenticarti la cesta per il coniglio».

Ho preso il sapone grosso, il pezzo di stoffa vecchia e ruvida che usiamo come strofinaccio e sono corsa al ruscello. L'acqua limpidissima mi ha fatto sentire tutta contenta. Mi sono sfregata per bene i piedi e poi ho pensato che per una volta avrei potuto lavarmi per intero. Allora mi sono spogliata nuda sotto gli ontani e mi sono stesa nell'acqua, sui ciottoli, tra le chiazze d'ombra azzurrine e le chiazze di sole dorate. Mi sono lavata. Ho notato che il seno mi era cresciuto ancora un po'. La cosa mi ha infastidito, ma era normale, avevo già quasi tredici anni. Sempre meglio, a pensarci bene, della mia sorella maggiore, che non ne ha molto, o dell'altra, la più piccola, che non ce l'ha proprio. Quindi.

Quando sono tornata a casa, mia madre stava lavando i piatti. Mi sono messa il grembiule di scuola. È azzurro come tutti i nostri grembiuli di scuola. L'ha fatto mia madre per la mia sorella maggiore. Ora è mio, poi passerà alla più piccola, non so in che stato. È abbottonato dietro, ha delle pieghe davanti e una cintura che raccoglie le pieghe e si annoda dietro, come tutti i grembiuli di scuola, insomma. Volevo pettinarmi ma il pettine era scomparso. Lo aveva sicuramente nascosto quella stregaccia della mia sorella maggiore. Più sono brutta e sporca, più lei è contenta. Stavo per uscire quando mia madre si è avvicinata. Ha detto:

«Qualcuno deve pur andarci».

«Lo so» ho detto.

Mi ha dato un bacio, il che è raro. Avrei voluto darle un bacio anche io ma non ne ho avuto il coraggio, non ci sono abituata. Ho preso la cesta di vimini e mi sono avviata.

Sotto la pensilina della stalla, la cagna stava sgranocchiando gli ossi della zampa di maiale facendo un rumore secco. Le ho accarezzato la testa morbida, è mia amica, è fantastica. Fa dagli undici ai quattordici cuccioli ogni volta che partorisce. Io ho provato a farle capire, a spiegarle che non ha neanche abbastanza capezzoli per nutrirli, non c'è niente da fare. È incorreggibile. E mia madre va su tutte le furie.

«Se almeno fosse una coniglia» ha detto «servirebbe a qualcosa fare tanti figli, ma così non si può».

Dopo bisogna annegare i cuccioli in un grande sacco pieno di grossi sassi o seppellirli sotto un mucchio di letame e la cagna li cerca e piange per giorni e giorni e anche noi piangiamo e mia madre sta zitta.

Alla fine mi sono avviata sotto il sole. Davanti a casa, mio padre e le mie sorelle andavano su e giù per il campo di grano a piedi nudi, armati di bastoni con la punta di ferro affilata per tagliare i cardi. Nessuno di loro si è girato a guardarmi. Meglio così, ho pensato.

Lungo la strada ho cercato di lisciare un po' il grembiule stropicciato, già immaginando i commenti di mia zia che è anche la mia madrina, e ho pensato che era triste avere una madrina cattiva come ce l'ho io. Mi sono passata le dita tra i capelli per sbrogliarli ma è stato inutile, soprattutto dietro dove erano tutti annodati, erano dieci giorni che non li pettinavo. E comunque non c'è niente da fare, mio padre lo dice sempre, i miei capelli sembrano ciuffi di paglia d'avena. Le mie sorelle invece hanno dei bei capelli scuri, lucidi e ondulati, anche quando sono sporchi ovvero quasi sempre.

Da qualche tempo mia madre si prende cura dei capelli della mia sorella maggiore perché ha quasi sedici anni e deve essere bella se vuole sposarsi presto e bene. La costringe a lavarsi da capo a piedi ogni quindici giorni, le mette i bigodini ogni sabato perché la domenica, a messa, abbia dei bei boccoli lunghi. La mia sorellina e io ci laviamo per intero solo a Natale, a Pasqua e il quindici agosto, è divertente perché allora cambiamo colore. Mia madre porta mia sorella a tutti i balli gratuiti del paese ed è vero che è bella, quella brutta strega, e che i ragazzi la guardano. A me non importa. Non mi voglio sposare, soprattutto con i capelli di stoppa che mi ritrovo. Prima o poi me ne andrò lontano, in un posto dove non conosco nessuno, dove nessuno mi parlerà di niente. Me ne andrò senza preavviso. Semplicemente un bel mattino partirò. Sì, farò proprio così.

Ho guardato le vigne tempestate di tulipani selvatici, quelli gialli lunghi ed esili, quelli rossi più paffuti, e di ornitogalli che mia madre chiama stelle dei campi. L'erba del terrapieno era scintillante di sole. Mi riempiva di gioia vedere tanta bellezza. Allora mi sono messa a ballare dondolando forte la cesta.

In cima alla collina sono passata davanti alla fattoria dei Giacomi, che vengono dalla bassa Italia, dove, dice mio padre, sono tutti fannulloni buoni solo a cantare, gente con la pelle scura e i capelli troppo ricci e scarmigliati, peggio dei miei. Il loro cane, pure lui arruffato, mi è venuto incontro, naso a terra, con quella sua aria subdola, senza abbaiare né niente, e ha cominciato ad annusarmi dappertutto. Ho fatto finta di camminare tranquilla ma avevo una gran voglia di scappare a gambe levate. Mamma Giacomi e uno dei suoi figli stavano a guardare, seduti sulla soglia, senza nemmeno provare a fare lo sforzo di richiamare l'animale. Si dice che non lavorino mai e che vivano di quello che rubano di notte nei campi e nei pollai dei vicini. Una volta le anatre di mia zia sono andate a gironzolare intorno a casa loro, una passeggiata da anatre, tutto qui. Quelli le hanno fatte entrare nella stalla e ce le hanno chiuse dentro. Hanno cominciato a mangiarsele. Mio zio, a furia di cercarle, prima nei ruscelli e nelle paludi, poi un po' ovunque, alla fine lo ha scoperto. È stato terribile. Il figlio maggiore non voleva restituire il resto dei volatili. Si sono picchiati come gorilla. A mio zio hanno rotto due costole e gli hanno gonfiato la faccia, ben gli sta, mentre il figlio dei Giacomi non l'abbiamo più visto per settimane. Mio zio dice di avergli strappato un orecchio ma non si può sapere se è vero perché ha i capelli lunghi, ben gli sta pure a lui, mi chiedo come farà quando dovrà usare gli occhiali. Ma in fondo mio zio è un bugiardo e poi non vuole che gli rubino le anatre.

Ho attraversato la strada asfaltata che passa lì vicino, dopodiché sono scesa per il sentiero che porta giù a casa di mia zia. Mi piace, questo sentiero, perché è fiancheggiato da un lato dalle vigne e dall'altro da un filare di alberi di fichi. Le foglie palpitavano dolcemente con un rumore ruvido. Tutto aveva il sentore amaro del latte dei fichi. Sono rimasta lì per qualche istante, ad ascoltare il rumore, ad assaporare l'odore, serenamente contenta. In fondo al sentiero mi sono fermata di nuovo per mangiare i petali dei fiori di cotogno. Sono un po' dolciastri ma buoni. E del resto non avevo molta fretta.

Comunque alla fine sono arrivata.

Il cane mi ha accolto rabbioso come al solito. Faceva dei gran salti tirando la catena, col rischio di staccarsi la testa, e abbaiava mostrando una fila di denti pieni di bava. Un pazzo furioso, quel cane, tanto è vero che lo tengono sempre legato, tranne che di notte per via dei Giacomi e degli zingari, le due croci della sua vita, ladri che non sono altro, dice mio zio che ruba i ciocchi di legna nei boschi dei vicini per non bruciare i suoi.

« È che ne ho bisogno » dice.

L'unica cosa che mi piace, a casa di mia zia, è la grande bignonia che, quasi tutto l'anno, fa dei grandi grappoli di fiori arancioni a forma di trombetta. La seccatura è che sono spesso coperti di formiche. Non era ancora fiorita. Mia zia ha anche un enorme tiglio. Diffonde il suo profumo in tutta la zona circostante e l'odore mielato arriva fino a casa nostra. Neanche quello era fiorito. Purtroppo mia zia non dà i fiori di tiglio a nessuno. Le sue figlie li raccolgono e lei li vende al mercato col sorriso untuoso di chi pensa di vendere fiori d'oro. Se potesse, farebbe pagare anche il profumo che il vento porta ovunque. Mio zio e mia zia sono gli avari più avari della terra.

Lei se ne stava lì a guardarmi arrivare, in piedi davanti alla porta, con il suo vestito nero, le mani sui fianchi, un vero e proprio giudice. Mi sono sentita ancora più brutta e sporca.

« Sei tu » ha detto.

« Sì » ho detto. « Sono venuta a prendere il coniglio. La coniglia ne ha bisogno ».

« Era ora. È un pezzo che gli sto dando da mangiare per niente » ha detto.

« Non avevamo il tempo di venirlo a riprendere » ho spiegato « per via dei cardi nel campo di grano ».

Pensavo che toccava a loro riportarcelo, ma non ho detto niente per non farla arrabbiare.

Ha preso la cesta e si è diretta verso la stalla, dove tiene i conigli. Ho dato un'occhiata in giro. Non c'era nessuno, né lo zio, né le cugine. Quanto alla nonna, probabilmente stava badando alle mucche dalla mattina nei pressi delle paludi con le loro pozze piene di sanguisughe, di giunchi, di iris gialli, di equiseti e di menta piperita. A mezzogiorno mangia il pane e formaggio che si porta in tasca. Mentre bada alle mucche, confeziona ai ferri, per le mie cugine, calzettoni e mutande di cotone bianco con un grazioso punto traforato, sempre lo stesso. La sera rientra tardi, piena di punture di zanzara, di reumatismi e con i piedi bagnati. Appena arrivata, si siede su un sasso vicino al pozzo, si lava i piedi con un po' d'acqua in un vecchio secchio di ferro, senza sapone. Non li asciuga. Li appoggia sul bordo del secchio e aspetta che si asciughino da soli, anche quando fa freddo.

«Non bisogna sprecare gli strofinacci per niente» dice mia zia.

Poi lava gli zoccoli di gomma e i calzettoni, li strizza ben bene e se li rimette. È fatta così. È la madre di mia madre, mia nonna.

Quando è tornata, la zia mi ha squadrato da capo a piedi, molto lentamente, e poi ha detto per l'ennesima volta che non c'era proprio niente da fare, che ero sporca, spettinata, sgualcita come sempre, una vergogna alla mia età, una vergogna, se mi incontrasse per strada farebbe finta di non vedermi, si vergognerebbe troppo a salutarmi. Le ho voltato le spalle e me ne sono andata di corsa con la cesta e, dentro, il coniglio che si agitava. Ho pensato che neanche in mezzo al deserto vorrei mai che una donna con la faccia così corrugata dalla cattiveria mi salutasse. Le sue figlie hanno grembiuli ben stirati, mutande e calzettoni bianchi ma la notte fanno la pipì a letto e non hanno mai il permesso di giocare. Allora a che serve.

Risalendo per il sentiero profumato di fichi, mi sono ricordata di come mio zio aveva sposato mia zia, e la cosa mi ha un po' consolata. Mio zio è il fratello di mia madre. Viveva in Francia già da un po' e voleva sposare una brava italiana della sua stessa regione. Non so a chi abbia scritto, laggiù, a casa sua, ma quel che è certo è che qualcuno gli ha parlato di mia zia, una donna pulita, energica, con un bel corredo. L'ha sposata per procura e poi è andato a prenderla alla frontiera, non voleva rimettere piede in Italia per paura che lo fermassero e lo costringessero a fare il servizio militare.

« Gli avrebbe fatto bene » dice sempre mia madre.

Quando mio zio ha visto mia zia, tutta vestita di nero come si conviene alle spose virtuose, con la sua valigetta e senza il bel corredo promesso, si dice che abbia fatto di tutto per sbarazzarsi di lei sul treno, che si sia messo a correre lungo tutti i corridoi senza neanche preoccuparsi di rovinare il vestito della domenica né di sporcare le scarpe che aveva lucidato diverse volte con lo strutto per farle brillare. Ma lei lo ha inseguito chiamandolo senza darsi per vinta e tutti li guardavano e dicevano ad alta voce che non era modo di comportarsi. Alla fine ha dovuto tenersela. Ma parla ancora di quel bel corredo che non ha mai visto. Lei dice:

« Ma insomma, non è per questo che mi hai sposata ».

E lui non dice niente.

Adesso lei non può più nemmeno lavorare nei campi. Le fa male la schiena e porta un corsetto con le stecche di ferro. È così cattiva che forse odia pure sé stessa. Chissà. Ho pensato che non volevo più ricordarmi di queste tristi storie di famiglia e che, quando finalmente me ne sarò andata, senza voltarmi indietro, le dimenticherò e non ci sarà più dolore.

Camminavo velocemente, guardando i fiori nelle vigne di mio zio. Non c'erano tulipani selvatici ma gerani di san Roberto e denti di leone. Poi ho notato i porracci. Sono rimasta molto meravigliata nel vedere che erano sfuggiti al suo controllo e a quello dei Giacomi. Tanto meglio, mi sono detta. Ho posato la cesta e il coniglio sul sentiero e sono andata a strappare una bella bracciata di porri. Mi sono sporcata un po' i sandali e anche il grembiule, ma mia madre sarebbe stata contenta comunque. Quanto a me, in cuor mio me la ridevo per essere riuscita a derubare lo zio avaro.

Arrivata sulla strada, ho deciso di non passare davanti alla casa dei Giacomi, soprattutto con i porri e il coniglio, e poi quel cane che non abbaia mai e annusa dappertutto, e loro, seduti sulla soglia a guardare, subdoli come donnole. Ho proseguito per la strada principale. Meglio prendere un altro sentiero, più avanti, dove ci sono quei due bei platani. Ho pulito nell'erba i sandali e le mani sporche di terra e mi sono incamminata.

Allora, sotto i platani, ho visto un carro con un cavallo e due uomini. Ecco, ho pensato, adesso anche gli zingari. Da noi, nessuno ha un cavallo. Ho avuto di nuovo paura per il coniglio e i porri, ma non avevo certo intenzione di tornare indietro. Ho affrettato il passo. I due uomini stavano falciando l'erba sul terrapieno e sul ciglio della strada, una bella erba sfavillante di sole e tempestata di alte margherite. Non hanno nemmeno alzato la testa per guardarmi passare. Avevano la faccia molto abbronzata, il più anziano radi capelli di un nero quasi blu, l'altro capelli nerissimi anche lui, ma ricci. Visto che non mi guardavano, mi sono avvicinata al cavallo, un bel cavallo fulvo con una lunga coda folta, più scura e lucente. Ho pensato alle mie mucche così scialbe, che corrono tutto il tempo con la coda ritta e si azzuffano come scalmanate. E mi sono ricordata che mi stavano aspettando per andare a mangiare. Allora mi sono precipitata su per il sentiero. Ho visto che adesso i due uomini mi stavano guardando ma ormai ero lontana, correvo e correvo.

A casa erano tutti arrabbiatissimi con me, naturalmente, nonostante il coniglio e i porri, e mia madre si è messa a gridare per via del grembiule e dei sandali sporchi. Me li sono tolti. Sono andata con calma verso la mia sorella maggiore che non se lo aspettava e le ho tirato i suoi bei capelli così forte che me ne sono rimaste in mano delle ciocche. Ha strillato, e anche mia madre continuava a gridare e la mia sorellina ridacchiava. Passando le ho assestato un gran calcio e lei si è messa a piangere.

« Così imparate a nascondermi il pettine » ho detto a tutte e due.

Ho preso le mie cose sporche, il sapone, lo strofinaccio, il bastone e me ne sono andata nel prato con la cagna e le mucche. Mentre le mucche pareggiavano i conti prendendosi a cornate e a testate, ho lavato tutto per bene e mi sono anche sciacquata i capelli. Poi sono rimasta al sole, con le mie cose ben stese accanto a me, ad asciugarmi e a sorvegliare gli animali. Anche la cagna faceva la guardia. È così intelligente e vivace che potrebbe badare a loro da sola. Mio padre non vuole, è fatto così. Del resto sto bene nel prato, lontano dagli altri e dai loro strilli. Ecco.

La domenica ho rammendato il grembiule che aveva l'orlo scucito, l'ho stirato, mi sono pettinata a lungo, guardandomi allo specchio. Mi sono detta che era vero che non c'era niente da fare, che i miei capelli quando sono puliti somigliano ancora di più alla paglia. La mia sorella maggiore ridacchiava e come al solito mi chiamava scopettino, la piccola mi faceva le boccacce dietro le spalle, allora mi sono girata e le ho dato un ceffone così si è calmata. Non ha nemmeno pianto, non ne valeva la pena, mia madre, che non vuole che la picchi, non c'era.

E poi lunedì è ricominciata la scuola. Mentre salivo verso il paese, che è lontano da casa nostra, ero molto nervosa. La mia sorellina era corsa avanti con la sua amica, corre sempre avanti, io invece camminavo con cautela per non disfare le pieghe del grembiule che sembrava quasi grazioso.

La strada passa accanto ad alcune fattorie, quella dei francesi, tutta coperta di glicini lilla davanti, e il vento porta lontano il loro profumo, e dietro invasa da fiorellini di pervinca azzurri e bianchi. Quella degli olandesi o belgi, non lo so, so solo che lì ci sono due ragazzi più grandi di me, un bell'albero di cachi e, nel cortile, un pozzo con la vera coperta di gerani rossi e rosa. Quella degli italiani sulla curva, circondata da un'alta siepe di cotogni del Giappone con i fiori rosso fuoco. Infine quella di un taglialegna francese con l'immensa paulonia dai grappoli lilla e il cespuglio odoroso di siringa. Poi c'è la vecchia cava di sabbia circondata da boschetti di ciliegi.

Quando sono arrivata vicino alla cava ho visto il fumo. Il mio cuore si è messo a fare il matto. Ho rallentato per osservare bene ogni cosa. C'erano due donne con dei vestiti vivaci e tre uomini. Ho riconosciuto quelli che avevo visto sulla strada e loro mi hanno guardato. C'erano una roulotte rossa come quelle di un tempo e il carretto del fieno. Sotto la roulotte c'era un cane legato. E poi c'erano due cavalli fulvi con la lunga coda scura. Avrei voluto toccarli, solo per un istante. Ho proseguito.

La sera, al ritorno, erano rimasti solo un cavallo, la roulotte con sotto il cane e una donna dai lunghissimi capelli scuri che accendeva il fuoco. Gli altri, ho pensato, dovevano essere in giro per la campagna, a vendere pettini, merletti, cestini di vimini e soprattutto a rubare polli e tutte le altre cose che si trovano nelle fattorie, a rubare anche i porracci. Anche loro devono mangiare. Magari riuscivano a rubare anche a casa dello zio e dai Giacomi. Mi avrebbe fatto piacere. Mia madre dice che gli zingari si muovono senza fare il minimo rumore, che sentono da dove viene il vento così che i cani non fiutino il loro odore estraneo e non si mettano ad abbaiare. Entrano nelle stalle, prendono i conigli, afferrano le galline per il collo senza dargli il tempo di starnazzare. Nessuno riesce a coglierli sul fatto tanto sono leggeri e silenziosi, delle vere volpi. Ecco che cosa mi dice mia madre.

Pensavo a queste cose e camminavo fiaccamente tirando calci a un sasso quando ho visto, in lontananza, il cavallo e il carretto. Mi sono sentita pazza di gioia. Forse avrei potuto toccare il cavallo. Ho cominciato a cantare nella mente tutte le canzoni che conoscevo, quelle di scuola in francese, quelle che mia madre ci cantava da piccole e quelle che mio padre canta o fischietta quando lavora, delle arie d'opera, in italiano. Quando sono arrivata vicino al carretto, ho fatto quella che non nota niente e se ne torna lentamente a casa. C'era un solo zingaro, quello con i capelli ricci. Ha smesso di falciare l'erba e mi ha guardata arrivare. Poi ha tirato fuori dalla tasca un foglio di carta e me lo ha dato.

«Che c'è scritto, sul foglio?» mi ha chiesto.

L'ho guardato. Era il foglietto illustrativo di una medicina.

«È il foglietto di una medicina» ho spiegato. «Dice come bisogna prendere le pillole e cose del genere».

«Ah» ha detto. «L'ho trovato per terra. Non so leggere. Mio padre e mio fratello sì, io no».

Parlava con un accento d'altri posti. Aveva gli occhi

quasi dorati e la faccia bruna d'aria e di sole, ma non come la gente di qui, un bruno più rossiccio. Ho detto:

«Non importa se non sai leggere, visto che viaggi tanto. Quando si viaggia, si vede tutto, si capisce tutto. Io vorrei viaggiare sempre, ovunque nel mondo e andarmene molto lontano da qui, sempre più lontano, fino al deserto dove passano i cammelli con le carovane del sale».

«È utile comunque saper leggere» ha detto.

«È da molto che siete in viaggio?» ho chiesto.

«Da diciassette anni» ha risposto. «Sono nato in viaggio».

«Io è da tredici anni che non vado in nessun altro posto. Vorrei avere un bel cavallo come quello e viaggiare e accarezzarlo tutti i giorni».

«Lo puoi accarezzare, guarda».

E ha accarezzato il cavallo. Anche io l'ho accarezzato, piano, a lungo. Poi ho detto:

«Devo tornare a casa, per via delle mucche».

E me ne sono andata di corsa, con il cuore in subbuglio.

Mia madre ha gridato che ero sempre in ritardo, che pensavo solo ad andarmene in giro in mezzo alle siepi mentre loro lavoravano eccetera eccetera. Non ho detto niente e sono andata a badare alle mucche. Si azzuffavano come sempre in primavera, pareggiavano i conti dell'inverno passato tutte insieme nella stalla. Le ho lasciate fare. Avevano pure il diritto di azzuffarsi come noi, dopotutto. Ho fatto i compiti. Poi ho guardato sulla cartina del mio libro di geografia dove si trovavano i deserti, gli oceani, ce ne sono davvero tanti. Ho deciso che, quando partirò, andrò in un deserto con molto sole, iene che ridono, sciacalli che piangono alla luna tutta la notte, un deserto grandissimo dove vagano le carovane del sale. Dopo andrò a guardare i mari, il Mar Bianco, il Mar Nero e il Mar Rosso per i colori, e il Mar Morto per capire com'è fatto un mare morto, se somiglia a un grande deserto d'acqua. Poi andrò a vedere l'oceano per le sue onde alte come montagne, non ho mai visto le montagne, e le sue folli tartarughe giganti. Alla fine andrò nella Terra del Fuoco, e là resterò per sempre.

Sarà così. Un giorno un po' più triste degli altri dirò no. Me ne andrò senza voltarmi indietro. Partirò verso quei luoghi lontani dove nessuno parlerà con me. Mi siederò sulla Terra del Fuoco, resterò là per sempre, a guardare, senza aspettare niente.

L'indomani mattina lo zingaro era seduto tutto solo sotto i platani. Imitava gli uccelli con un fischietto fatto con due bossoli di cartuccia. Si è alzato e mi è venuto incontro, sempre imitando i merli, le allodole, i gabbiani. Dopodiché ha tirato fuori dalla tasca un pezzetto di ceppo di vite ben levigato, con al centro una grossa vite. La girava e d'un tratto si sentiva il canto del tordo o la vocina solitaria del piviere. E poi ha fischiettato delle arie sconosciute e belle come probabilmente se ne ascoltano davanti al deserto dei mari morti o soltanto nella terra di fuoco. Poco prima di arrivare alla cava di sabbia si è fermato.

«Mi chiamano Gosta» ha detto. «Non è il mio vero nome».

«Io» ho detto «mi chiamerò Zora».

Si è seduto sul terrapieno. E io sono salita in paese con la testa piena di canti d'uccello e di musiche d'altri posti.

A scuola la maestra mi ha punito due volte. Voleva che le dicessi che cos'è il complemento di compagnia. Ho risposto che è quando vai da qualche parte insieme a qualcuno. Ha detto che non capivo davvero niente di niente e mi ha dato degli esercizi in più da fare, così imparavo. Allora ho pensato ai deserti. Ho alzato la mano e ho chiesto:

« È vero che nei deserti ci sono molti cammelli? ».

Le mie compagne si sono messe a ridere come un branco di donnole e la maestra è diventata rossa per la rabbia, mi si è parata davanti balbettando qualcosa. Ho temuto che volesse picchiarmi e mi sono protetta la testa con il braccio come faccio a casa. Ma si è calmata e mi ha dato dieci verbi da coniugare per la mia insolenza e anche alle altre per il baccano, ben gli sta. A me, dei verbi, non me ne importa. E poi non era colpa mia se non le piacevano i deserti e i cammelli, anzi era meglio così, non correvo il rischio di incontrarla sulle rotte delle carovane del sale.

Al ritorno lo zingaro stava ancora falciando l'erba. Ho accarezzato il cavallo. Mi sono seduta e si è seduto anche lui. Ha fischiettato canti d'altri posti. Ho ascoltato. Poi me ne sono andata di corsa verso la casa, le mucche, gli strilli, le risate infelici. Non mi importava.

È stato così per diversi giorni, giorni di sole, di erba ondeggiante di vento, scintillanti di primavera, di fischi d'uccelli, di musiche lontane.

Una mattina non ha fischiato. Ha detto:

« Domani partiamo, per via della gente. Vieni con me. Gli altri dicono che non vogliono un'estranea nella roulotte. Ma se vuoi puoi stare nel carretto ».

« Vengo » ho detto.

« Mi insegnerai a leggere. Io ti insegnerò a intrecciare cestini di vimini o di paglia di mais, è facile. Poi avremo una roulotte e un cavallo, e anche dei bambini, quando sarai più grande ».

« Sì » ho detto, con il cuore pazzo di gioia. « Farò dei

cestini e ruberò anche, l'ho già fatto spesso, ovunque e nessuno lo sa. Ho quindici boccette di inchiostro rosso e un mucchio di cose nascoste, posso prenderle ».

« No, » ha detto « vieni così. Ti porterò nel carretto dell'erba. Poi saremo lontani, non ti potranno più rimandare indietro ».

« Digli tutto quello che so fare » ho detto. « Conosco anche tutte le piante, mia nonna me le ha mostrate quando andavo a trovarla nella palude. So il nome e le proprietà di tutte le erbe che curano il corpo, l'equiseto, la piantaggine, il meliloto, l'issopo, l'achillea, il ranuncolo favagello, la pimpinella e molte altre. Potrò cogliere e vendere le erbe. Diglielo, forse mi vorranno ».

« No. Sono fatti così. Ma verrai lo stesso. Ti insegnerò anche a imitare gli uccelli e a fischiare arie d'altre parti ».

A scuola, per tutta la giornata ho pensato al cavallo, al carretto e a tutti i mari, alle dune del deserto che si muovono con le carovane del sale, che cercano, assetate di sole, alla piccola terra di fuoco, laggiù, lontana, tutta sola.

Quella sera fischiettava guardando altre cose. Prima di andarmene ho detto:

« Andremo nel deserto, dove il sole brucia tutto, anche le facce, là dove non si incontra nessuno. Nessuno ti conosce, nessuno ti parla. Ci sono soltanto le lente carovane del sale che passano, e tu resti là, immobile, a guardarle ».

« Prima dei deserti » ha detto « ci sono molte città e campagne ».

« Sì » ho detto. « Ma, dopo tutte quelle città e tutte quelle campagne, ci sono per forza i deserti e gli oceani e i mari folli e le terre infuocate. Alla fine li troveremo ».

« Li troveremo » ha detto. « Domani, quando passi,

sono qui e tu vieni con me. Scopriremo che cosa c'è dopo le città e le campagne».

L'indomani mattina sotto i platani non c'era nessuno. Ho aspettato e aspettato. Ho aspettato a lungo. Non c'era nessuno. Sono salita di corsa verso il paese, con il cuore completamente matto. Ho visto il fumo salire dalla cava di sabbia. Ho cercato di rallentare, non erano partiti.

Davanti all'ingresso della cava, il padre, il fratello, la madre, la sorella, fianco a fianco, formavano un muro. Mi sono fermata un momento per vedere se sarebbe comparso anche lui. Ma gli altri mi fissavano con i loro occhi scuri nelle facce di rame scuro. Sono passata oltre. Non mi vogliono, ho pensato, ma lui mi porterà comunque.

La sera, scendendo dal paese, mi sono messa a correre di nuovo. Da lontano ho rivisto il fumo sfilacciarsi sopra i ciliegi. È ancora là. Domani partirò con lui nel carretto dell'erba tirato dal cavallo fulvo con la lunga coda scura. Andremo in cerca delle terre e delle acque deserte, le troveremo dopo le città e le campagne. E quando sarò grande, avremo dei bambini con gli occhi color del miele. Il mio cuore scoppiava di gioia.

Nella vecchia cava di sabbia un mucchio di stracci stava bruciando.

Dite flauto o violoncello
il duplice amore che bruciò
l'allodola e la rondine
la rosa e la reseda.

LOUIS ARAGON

L'infedele

Bado alle mucche.

Sono in cima al prato, seduta sotto i ciliegi invasi da grandi rovi aggrovigliati con le more già rosse. I ciliegi e i rovi formano un cerchio quasi completo intorno a uno stagno per metà prosciugato. Una distesa fangosa. In alcuni punti, l'acqua immobile affiora, coperta da uno spesso strato verde, viscido. Lungo i bordi crescono giunchi giganti, alti papiri, crescioni fioriti di bianco. Nel fango è tutto un guazzabuglio di piante, lunghi ranuncoli d'acqua, dai fiori gialli e rotondi, astranzie con ampie ombrelle bianche offerte al sole, trifogli d'acqua di un rosa violetto e molte altre ancora, tutte con steli e foglie carnosi che piangono acqua non appena li si coglie e si disfano e muoiono. È anche il regno delle rane, dei rospi, delle salamandre e delle sanguisughe. A volte cerco di entrare nello stagno dalle acque inquiete. Cado subito, affondo, ne esco aggrappandomi agli steli, coperta di fango e sanguisughe. Lo stagno non mi vuole.

Il prato è lontano da casa, lontano quanto il paese,

lassù sulla collina, raccolto intorno alla chiesa aguzza, protetta da alti cipressi neri. Il cielo è bianco per il caldo, l'aria trema sui campi e, laggiù, l'altra collina è coronata da un grande bosco nero come da un immenso cappello.

Le mucche pascolano in fondo al prato, lungo la linea d'ombra dei biancospini e degli olmi divorati dall'edera scura. Alcune cercano riparo sul sentiero che costeggia il ruscello, tra due siepi. È un ruscelletto. Le sue acque cantano, cristalline, e scorrono facendo comparire un'infinità di rughe tra i giunchi, gli iris e le piante di menta piperita che spandono ovunque il loro buon aroma. Quando ci sei vicino tutto ti sembra leggero e profumato, dimentichi l'odore stordente dell'erba, della terra scaldata dal sole e dell'acqua scura e putrida. Ti perdi nella danza setosa delle libellule azzurre. A volte me ne sto al fragile riparo dei piccoli salici o delle acacie, con i piedi nell'acqua, mentre Milan fa il bagno, rotolandosi come un pazzo nelle cascatelle.

Milan è il mio cane. Stiamo sempre insieme. Ha il pelo di un rosso scuro, quasi nero, e gli occhi dorati. Mio padre dice che è una bestia cattiva e che, nero com'è, non può che essere cattivo. Resta accanto a me in cima al prato sotto i ciliegi, seduto sulle zampe posteriori, con quelle davanti ben dritte, e fa la guardia. Se lo guardo, mi guarda anche lui. Per la gioia muove la coda, gli fremono le orecchie e tutto il muso ride.

Il più delle volte gioco semplicemente a infilare i piedi nudi nelle grandi crepe della terra. Quando una mucca si avventura troppo vicino allo stagno fangoso o alle vigne, la chiamo per farla tornare indietro. Immediatamente Milan si scaglia verso la mucca più vicina, senza abbaiare né niente, si avventa sulle sue zampe e le morde. La mucca sorpresa si mette a galoppare scalciando per liberarsi del cane che allora si aggrappa con tutti i denti alla coda e si fa trascinare via. Io grido per richiamarlo, ma lui non mi ascolta. Quando molla la presa, la mucca ha le zampe e la coda coperte di sangue.

Io grido sempre più forte e dico che stasera ci picchieranno tutti e due, che stasera non ci daranno da mangiare eccetera eccetera. Lui resta lontano, pancia a terra. Poi a poco a poco, strisciando, si avvicina, col muso che fende l'erba, il pelo e gli occhi spenti. Gli allungo il pane della mia merenda e mangio il formaggio. Lui si rimette accanto a me, in posizione di guardia.

Quando il sole raggiunge la cima della collina è ora di rientrare. Mi alzo, anche il cane si alza, le mucche ci guardano. Scendo verso la recinzione di filo spinato che circonda il prato. Le bestie mi seguono, Milan resta dietro di loro. Aspettano senza spintonarsi che io apra e, non appena il passaggio è libero, si lanciano come matte, con la coda ritta, verso il ruscello dove entrano fra rumori e schizzi in quantità, schiacciando i giunchi e i ciuffi di menta che spandono un profumo intenso nella frescura della sera. Bevono a lungo, aspirando l'acqua rumorosamente.

Io e il cane risaliamo il ruscello ancora un po'. Lui beve, poi si rotola nell'acqua, io scosto con la mano i ragni d'acqua e i vermiciattoli rossi, bevo anch'io. Rientriamo tutti, lentamente. Il cielo diventa prima completamente arancione, poi di un bel giallo acido su cui si stagliano neri i cedri dentellati del castello con le torrette che sorge sulla collina, accanto al bosco.

A casa mi picchiano ma non piango. Milan resta lontano, diffidente. Mio padre grida che lo impiccherà, che è un cane cattivo, buono solo a rubare le uova e i polli, che spera che un vicino gli faccia la pelle eccetera

eccetera, come al solito. Mia madre disinfetta con la candeggina la coda e le zampe della mucca che è stata morsa. Non parla. Neanche io e mia sorella parliamo. In genere, quando torno a casa, litighiamo, ci insultiamo, ci picchiamo, ma ora non è il momento, a meno che non vogliamo beccarci un bel calcio nel sedere. La sera nessuno dà da mangiare al cane. L'indomani lui non c'è più. Ha mangiato qualche uovo nel fienile lasciando a terra i gusci anche se gli ho spiegato mille volte che deve almeno nasconderli, ma secondo me lo fa apposta. È anche riuscito ad aprire il bidone del latte che teniamo in fresco nell'abbeveratoio e ne ha bevuto un bel po'. Poi, di notte, se ne è andato. Fa sempre così. Vago da sola e lo chiamo rivolta alle colline, ai ruscelli, alle valli. La mia voce torna indietro nel silenzio.

E poi, un pomeriggio, lo vedo in fondo al prato. Torna sempre magro, coperto di ferite, con le orecchie e il naso lacerati, il pelo arruffato. Ma i suoi occhi d'oro scintillano, ha un'aria trionfante.

Per punirlo di avermi abbandonato, fingo di non vederlo. Lui mi gira intorno, prima da lontano, poi più da vicino, agitando la coda per la gioia. Allora, quando arriva a due passi da me, si lascia cadere nell'erba gialla di sete e mugola piano piano. Io lo sgrido. Dopodiché lo porto in riva al ruscello, gli lavo le ferite, lui si butta nell'acqua e ci si rotola abbaiando per la gioia. Ha addosso un sacco di odori d'altri posti.

Lo interrogo. Quali eroiche avventure ha dovuto affrontare nel corso dei suoi vagabondaggi? Si è spinto lontano, fino alla sorgente del ruscello, per scoprire da dove viene l'acqua che passa davanti a casa nostra? Quali fiori crescono in quelle contrade inaccessibili dove i cani vagano ogni notte, senza luna?

Lo sgrido di nuovo. Gli giuro che se ricomincia non

mi occuperò più di lui, lo caccerò via per sempre. Ha il muso e gli occhi dorati pieni di risate. Rido anch'io. Raccolgo dalla siepe lunghe e flessuose liane di vitalba, le avvolgo strette tutt'intorno a Milan e a me. Siamo alberi fioriti. Ballo sotto il sole, Milan mi saltella intorno, io ballo e canto, *Aux marches du palais, y a une tant belle fille,* giro sempre più veloce, *la belle si tu voulais,* giro e tocco il cielo matto, *nous dormirions ensemble,* giro e il sole saltella per la gioia, *et nous serions heureux,* le siepi vacillano, gli alberi si ribaltano, *jusqu'à la fin du monde,* cado in mezzo ai petali caldi di sole.

Milan mi lecca le mani, lancia brevi latrati per chiamarmi.

È un'altra estate.

Sono seduta in cima al prato, nell'ombra scarna dei ciliegi, nel calore bianco del sole e nell'odore forte dello stagno fangoso fiorito di piante dalle carni inquietanti. Bado alle mucche.

Milan non c'è. È già un po' che se ne è andato, nella notte lontana di una dolce primavera. Chissà, forse è lontano, e corre, per vedere com'è dove finisce la terra. L'ho chiamato ogni giorno. Ho battuto le campagne, ho gridato il suo nome, Milan!, a tutti i venti, a tutti i boschi, al fondo delle valli più remote, alle colline sconosciute ben oltre le nostre colline, ai paesi dove nessuno è mai penetrato, laggiù, lontano lontano, dove il cielo incontra la terra. Non è tornato. Mio padre dice che è morto, che alla fine qualcuno si è deciso ad ammazzarlo, che ben gli sta, a quella bestia nera, ladra e infedele. Io lo so che sono tutte bugie.

Mio padre è andato da un vicino e ha preso il cucciolo col pelo giallo ocra che ora è con me sotto i ciliegi.

Non mi va che stia qui, ma non ce l'ho con lui, non è colpa sua, è piccolo, tutto matto e talmente ingenuo. Non sa ancora niente di tutte le storie della nostra triste famiglia. Corre all'impazzata, con la pancia tonda che tocca terra, e fa le capriole, e si gratta la schiena sul terreno, con le zampe per aria e la pancia morbida, in bella vista, beato. Cerca di abbaiare alle mucche con la sua vocina acuta, ma le mucche non lo guardano nemmeno. Poi torna verso di me, si precipita sulle mie ginocchia, si raggomitola gemendo come un naufrago. Gli accarezzo il pelo lanoso.

L'aria è afosa. Gli animali pascolano al riparo della siepe di biancospino e degli olmi. Io me ne sto seduta, con i piedi nelle crepe dure della terra, ad accarezzare il pelo morbido del cagnolino.

Verso sera, quando ormai il sole declina verso il bosco sulla collina, ecco Milan, immobile vicino al prato. Non appena si accorge che l'ho visto avanza verso di me, con il muso pieno di risate e la coda che si agita per aria. Il mio cuore diventa matto per la gioia.

« Sei tornato, Milan! ».

Mi alzo per corrergli incontro. Il cagnolino rotola per terra e lancia mugolii spaventati. Milan lo vede, si ferma. Mi fermo anche io. Lui mi guarda, guarda il cagnolino che mi mordicchia i piedi, sento il suo nasino fresco. Chiamo piano piano:

« Milan, vieni. Non è colpa mia, Milan ».

Resta immobile.

« Vieni, Milan. Vieni ».

Lui fa dietrofront e se ne va.

La donna senza nome

Dicono che sono matta, ma non è vero. Se fossi matta, lo saprei, e siccome non lo so vuol dire che non è vero. Solo che cercano di farmelo credere. Sono fatti così. Io non rispondo. E loro si arrabbiano, gridano così forte che tutta la testa mi comincia a pulsare, le parole ci rimbombano dentro. La tengo con tutt'e due le mani, la scuoto per calmarla. A volte sono costretta a sbatterla contro il muro finché tutto si ferma. Poi mi fa solo un po' male. Continuano a gridare, ma la testa non rimbomba più. Sento tutto. Dicono:

«Non ti ricordi nemmeno dove sei nata».

«Ti sei subito dimenticata il nome dei tuoi figli».

«Quello di tuo marito».

«Non sai niente, nemmeno come ti chiami».

Non voglio più ascoltare. Me ne vado dietro la casa, dove c'è il grande pezzo di terra. Quando fa freddo la terra è nuda. Appena torna il sole mi danno una zappa, e io zappo, zappo, per giorni e giorni. Dicono:

«Ti fa bene».

Poi mettono i semi, e le piante crescono. È bello.

Me ne vado dietro la casa per non sentire più. Mi tolgo le ciabatte di gomma e corro intorno al campo che è grande. Resto ai bordi per non schiacciare niente. Faccio molti giri. Corro male perché la terra mi attira a sé e sono costretta a stare sempre più curva. Quando non ne posso più e la terra mi attira troppo, cado. Mi ci stendo su, chiudo gli occhi. Dopodiché mi torna un po' di forza, ricomincio a correre, prima dritta, poi curva, e poi sono di nuovo per terra. Alla fine vado a guardare l'acqua del ruscello, lontano, tra i pioppi e i salici. Anche l'acqua chiama. Immergo i piedi sporchi di terra, le mani e la testa che pulsa. Resto là. Da lontano rispondo.

Come potrei sapere dove sono nata, nessuno me lo ha mai detto. E il mio nome. Quale nome? Mi chiamano la matta da quando sono qui, in questa casa estranea. Forse ho un vero nome, non ricordo. Si sono presi tutti i documenti su cui era scritto, li hanno nascosti perché non li perdessi. So che dentro c'è una foto con me sopra, mi riconosco. Questo dimostra che non sono matta, perché so chi sono, nella foto.

Il nome dei miei figli, come faccio a saperlo? Ne ho avuti molti laggiù, dove sono venuti a prendermi, un giorno in cui già me ne stavo chiusa nella baracca. Ogni volta che avevo un figlio lo portavano via subito, senza nome né niente. Dicevano:

« Starà meglio all'orfanotrofio, dalle suore ».

Non li ho mai rivisti, o forse me ne sono dimenticata, tranne questo qui che sta con lei e con i bambini. Non conosco nemmeno lui, mi chiama la vecchia o la matta.

Laggiù, nella mia baracca, a volte veniva un uomo. Tossiva. Diceva:

« Ho i polmoni malati, per colpa delle miniere francesi ».

È tutto quello che so. Poi se ne andava di nuovo nelle miniere. Io facevo un bambino, lui tornava, tutto sempre uguale. Un giorno non è più venuto.

Dopodiché della gente mi ha detto di andare a vivere nella baracca che sta alla fine del paese e non è di nessuno. Venivano a chiamarmi per lavorare. Mangiavo fuori, seduta sui gradini. La sera tornavo nella baracca con un po' di pane e un po' di latte. A volte veniva una donna. Puliva, portava dei vestiti, mi costringeva a cambiarmi. Io non volevo, gridavo. Lei mi prendeva a schiaffi. Alla fine ero in un vestito estraneo e con addosso un odore diverso, mi ci abituavo. E poi tutto ricominciava, mi ribellavo, mi abituavo all'odore diverso, sempre così. Finiva che riuscivo a ritrovare il mio odore. È quello dell'urina che mi scappa di continuo a piccole gocce. Quando sono troppo bagnata mi cambio il panno, metto a mollo quello sporco nell'acqua della fontana.

Qui nessuno mi picchia. A volte lei entra nella stanza, prende i vestiti, li porta fuori e sulla sedia ne mette degli altri, stirati e ben piegati. Grido per via del nuovo odore, lei grida ancora più forte.

« Sta' zitta. Sei brutta e sporca da far paura ».

Quando se ne va e la sento camminare sopra il soffitto, sollevo il pezzo di carta da parati che ho strappato apposta dal muro. Gratto sotto e mangio dei pezzetti di muro bianco. Li mastico a lungo, la lingua si impasta tutta. Dopodiché mi torna un po' di forza, mi alzo.

Qui ho un letto vero, e accanto un tavolino, con un cassetto, un lume e un pitale, un armadio vero con le ante e uno specchio. C'è anche una grande cornice sul muro. Nella cornice c'è una foto con dell'acqua, degli alberi dritti e degli alberi abbattuti. Un giorno ho smontato la cornice, ho tolto la foto dell'acqua e degli alberi, l'ho strappata in tanti pezzettini, ho rimontato la cornice. Dentro è rimasto solo il vetro. L'ho riappesa. Quando se ne è accorta era arrabbiatissima. Gridava un sacco di cose, e la testa mi rimbombava di nuovo, ho dovuto tenerla e poi sbatterla contro il muro. Mi ha tirato a sé con forza, mi ha scossa, ha chiesto:

«Perché lo hai fatto? Perché?».

«Per gli alberi annegati» ho detto «e per vedere i bambini».

Ho indicato la cornice.

«Sei matta,» ha detto «brutta e matta da far paura».

Se ne è andata sbattendo fortissimo la porta. La cornice è caduta, si è sentito un rumore di vetri rotti. Quando la testa ha smesso di rimbombare, ho riappeso la cornice al chiodo. Non parlava più.

Ogni volta che lei dice:

«Sei matta e brutta e sporca da far scappare i ragni», io gratto il muro sotto la carta da parati scollata finché non trovo la polvere di cui ho bisogno. La mangio. Ce n'è anche nella terra, la riconosco, quando zappo. Forma delle grosse palline, sempre umide, verdi, bianche o rosse. Me le porto in camera e ne mangio ogni giorno un po', mi rendono forte. Guardo nello specchio. Guardo bene la donna con tanti capelli, tutti bianchi, tagliati corti. È lei che li taglia. Ricrescono sempre. Rido allo specchio, vedo i denti che mi sono rimasti, grandi come mandorle pelate. Ne mancano parecchi. Mi riconosco: sono io, quella di sempre. Non sono matta, i matti non si riconoscono. Quando lei passa di qua dico:

«Mancano dei denti».

Lei risponde:

«A settantacinque anni è normale che tu ne abbia qualcuno in meno».

«Quando sono arrivata qui c'erano tutti».

«Be'» dice lei. «Vedi dove li hai persi e se li trovi puoi rimetterli al loro posto».

Non dico niente.

Vivo di sotto, accanto al garage, in una camera con la finestra che dà sul sorgere del sole, un'altra stanza con il gabinetto e un grande lavandino per lavarsi. Lei mette un asciugamano, un sapone verde con un buon odore e un pettine, perché io sia sempre pulita o quasi.

Quando c'è il sole, mi porta lontano lungo il ruscello, dove l'acqua è limpida. Mi dice di spogliarmi, di immergermi nell'acqua e poi di lavarmi dappertutto. Faccio come vuole lei, tra due siepi, non vede nessuno. Se fa freddo, riempie la vasca d'acqua calda, di sopra, dove si lavano loro. Mi costringe a mettermi tutta nuda nell'acqua troppo calda per me. Resta là come per sorvegliarmi. Le prime volte mi vergognavo troppo, nessuno mi ha mai visto tutta nuda, neanche io. Ho cercato di ribellarmi, ma lei è forte, sono dovuta restare nell'acqua. Dice sempre:

«La sporcizia così si ammorbidisce, altrimenti non se ne va».

Quando l'acqua è quasi fredda, mi insapona dappertutto, anche la testa. Devo chiudere ben bene gli occhi. Lei mi strofina e strofina, anche in mezzo alle gambe. Io grido, lei grida più forte di me:

«È da qui che viene il tuo cattivo odore. È qui che bisogna lavare!».

E io ho paura, ho l'urina che cola a piccole gocce. Aziona il getto e me lo punta ovunque, un getto freddo. Piango.

«Sta' zitta» dice alla fine. «Asciugati e vestiti».

Se ne va. Io scivolo, cado. Riesco a uscire, ad asciugarmi un po' dappertutto, a vestirmi. Quando ho finito mi viene a pettinare. Dice:

« Sembri meno matta se sei pulita e pettinata ».

Non dico niente. Ho la testa che ronza. So che non sono matta perché mi riconosco e loro non li riconosco. Perché dovrei riconoscerli?

Un giorno mi porta un grande pacco. Dice:

« Sono dei pannolini. Ne metti uno nelle mutande la mattina, lo sostituisci con un altro a mezzogiorno, e fai lo stesso la sera prima di cena e poi prima di andare a dormire ».

Mi fa vedere come si mettono. Nessuno mi ha mai messo le mani in mezzo alle gambe in questo modo. Grido:

« Vattene, vattene via! ».

Lei grida ancora più forte:

« Da quando sei qui tutta la casa sa di piscio. Non mi sta bene! Non mi sta più bene! O ti metti questi e ti cambi come ti ho detto o ti annego nel ruscello come annego i gattini e i cagnolini perché non c'è nessun altro che lo faccia e bisogna pur farlo ».

Piange. Picchio la testa contro il muro perché la smetta di pulsarmi nelle orecchie e nel petto. Poi lei mi fa vedere un secchio con un coperchio. Dice:

« I pannolini bagnati puoi metterli qua. Dopo li bruciamo nel campo insieme al resto, per farne concime ».

Mi tengo la testa, la tengo stretta. Poi faccio quello che dice. Non voglio che mi anneghi nelle pozze profonde del ruscello come i gatti. Forse ne sarebbe capace. Allora perdo il mio odore. Ho solo l'odore delle altre cose. Non riesco ad abituarmi.

A volte, senza volerlo, mi ricordo di laggiù, dove vivevo prima che venissero a prendermi. Non ricordo molto, solo certe cose, come la baracca. Era piccola, con la porta, la finestra esposta al sole del mattino, la persiana che potevo chiudere di notte e di giorno. Dentro c'erano un saccone imbottito con delle foglie di pannocchie di granturco, il tavolo, le due sedie, il camino. Non so se ho acceso il camino. Forse sì, per scaldare il latte, ma non mi ricordo, è passato troppo tempo. Chi è che si ricorda tutto?

Vedo un campo di piante altissime, con le foglie ruvide e tanti fiori, singoli o doppi, lungo tutto il gambo, fiori di tutti i colori, rosa, rosso chiaro e rosso scuro, giallo e bianco. Forse non è vero. Forse è un sogno che ho fatto spesso. Quando ho paura mi nascondo lì. Mi stendo lì in mezzo, a pancia sotto per sentire la terra che mi attira a sé, a pancia in su per vedere tutti quei fiori nel cielo. Forse ho sognato.

Qui ci sono alcuni di quei fiori. Lei li chiama malvarose. Dentro la testa ho un grande campo di malvarose.

Cerco di ricordare altre cose. Frugo. Sento solo il vento che soffia forte e porta l'odore del mare.

So che allora, laggiù, non mi chiamavano la matta. Mi chiamavano la pipistrella. Ne sono sicura, la pipistrella. Posso perfino dire che mi piaceva. Conosco i pipistrelli. Nella baracca stavano aggrappati alle travi per le zampe, a testa in giù. Sembravano sacchetti di polvere nera imprigionata nelle ragnatele. Al calar della notte escono per mangiare le zanzare. Io mi siedo sulla soglia e li guardo volare con le loro strane ali a forma di ombrello aperto, che vanno dalla coda alla testa e fanno un rumore vellutato nell'aria azzurra. A volte lanciano dei gridolini acutissimi. Forse anche loro hanno paura.

Quando hanno mangiato abbastanza, a notte fonda, tornano a casa e si appendono alle travi. Dopo, fa freddo. Non li vedo più, né fuori né sotto il soffitto. Credo che vadano al caldo. Sono animali intelligenti, i pipistrelli, per niente matti.

Io li riconosco e ricordo, anche se non so il mio nome, non ho bisogno di sapere il mio nome perché sono io. Nello specchio vedo bene che sono io, quella di sempre, allora a che servono i nomi. Non significano niente.

All'inizio, non mi chiamano ancora la pipistrella. Cerco dappertutto nella mia testa, la colpisco forte perché si svegli e dica come mi chiamano. Forse non mi chiamano affatto, mai, nemmeno da piccola, dalle suore. Mi picchiano molto ma non hanno mai detto un nome, probabilmente perché non ho avuto una madre che me lo desse. Allora, dopo, nessuno può sapere. Così sono diventata io, senza nome.

Laggiù, in quel paese che guarda il mare da lontano, c'è una strada, fiancheggiata da palme barbute. Sono arrivata un giorno insieme all'uomo malato per colpa delle miniere francesi. E là mi hanno dato un nome.

Quando l'uomo smette di tornare, vado nella baracca e poi lavoro da diverse persone, in campagna. Mangio buon cibo caldo, seduta sui gradini davanti alle case. La sera mi danno pane e latte, sempre, fino a un certo giorno. Queste cose le ricordo bene, le altre no.

Là dove lavoro, le anatre hanno la malattia delle anatre. Muoiono. Mi fanno scavare una buca grande come una casa. Ci ammucchio dentro tutte le anatre morte, sopra spargo una polvere bianca che brucia le mani, le ricopro di terra, come mi è stato detto.

Un'altra volta, un bel po' di tempo dopo, mi pare, lavoro da altre persone. Una mucca salta i fili elettrici che circondano il prato e se ne va nel campo di erba medica. Mangia e mangia. Comincia a gonfiarsi, si gonfia sempre di più, diventa tutta tonda. Dicono:

«Falla correre, falla correre a tutta velocità».

La mucca galoppa, la punzecchio con un pungolo lungo lungo. Lei galoppa e galoppa. Il vitello le esce dalla pancia insieme ad altre cose piene di sangue. Lei continua a correre e anch'io corro. E poi non ne ha più voglia. La colpisco, la punzecchio, non ne ha più voglia. Torna a casa, e io dietro. È ancora più gonfia di prima. Le bucano la pancia a colpi di forcone, lei non si difende. A un tratto scoppia. La poltiglia verde piena di bolle sprizza fuori dalla pancia, schizza sulle persone, sui muri, ovunque.

Dicono:

«È salva».

Lavano la ferita con certi prodotti, sono contenti. La sera è morta. Me ne vado con il pane e il latte.

Lavoro anche da altre persone. Ho dimenticato quando, so solo il caldo. I conigli hanno la malattia dei conigli. Sono pieni di ponfi rossi intorno agli occhi, intorno alla bocca. Non ci vedono più, non mangiano più. Si lamentano gemendo debolmente. Vorrei accarezzarli ma ho paura. Loro non vogliono.

Muoiono. Scavo una grande buca, ce li metto dentro come ho fatto con le anatre, spargo la polvere che corrode le mani, li ricopro di terra, calpesto forte la terra per schiacciarla bene.

La sera me ne vado verso la baracca che non è di nessuno, alla fine del paese, con il pane e il latte. Delle donne se ne stanno in piedi davanti alle case. Mi guardano passare e si fanno il segno della croce. Rispondo facendo la stessa cosa come mi hanno insegnato le suore, molto lentamente, nel nome del padre, del figlio, dello spirito santo, amen, finché non arrivo alla baracca.

Mi siedo sulla soglia e mangio il pane inzuppato nel latte.

E poi nessuno mi viene più a cercare, la mattina, per lavorare. Resto davanti alla porta. La sera, non ho più né pane né latte. Un giorno, non so quale, e altri giorni ancora, mi incammino per i campi, vado fino al mare. È trasparente e verde come le foglie dei mandorli. Laggiù ci sono molti mandorli, e gelsi, e pioppi dritti dritti sui quali le viti si arrampicano fino al cielo. Nell'acqua vedo dei pesci grandi come una mano, non si possono prendere, ci provo, ecco perché lo so, e me ne ricordo bene perché ho fame. Lavo i miei panni e i grembiuli sporchi di terra. Tornando prendo un po' d'uva e dei porracci in una vigna. Li mangio la sera, davanti alla baracca.

Altri giorni ancora, vado sotto i meli a prendere qualche mela, o lungo i campi a raccogliere pomodori, zucchine e le palline verdi o bianche della terra che dà la vita. Nei boschi colgo i funghi freschi, i germogli degli agrifogli e qualche frutto. Quando la gente mi vede si fa il segno della croce e allora me lo faccio anch'io. Alcuni gridano:

« Vattene, vattene via! Sciò! ».

La testa mi pulsa, corro tenendola con una mano mentre con l'altra tengo il grembiule con dentro le cose da mangiare. Poi, lontano, mi stendo sulla terra che attira ogni cosa.

Un'altra volta vado alla fontana, mi lavo la faccia, le braccia e i piedi. Poi sono sulla strada del paese. Non so, cerco, cammino. Entro nel negozio che ha tutte le cose da mangiare. La donna grida:

« Vattene, vattene via! » e si fa il segno della croce.

Io resto là e mi tengo la testa e la sbatto contro la porta perché smetta di pulsare. Alla fine la donna mi prende per il braccio. Dice piano:

« Tieni. Torna a casa, ora, e che Dio ti protegga ».

Dice così, che Dio ti protegga. Lo so perché nessuno ha mai detto per me cose del genere. La testa si calma. Guardo la donna, mi faccio lentamente il segno della croce come mi hanno insegnato le suore, me ne vado via tenendo tra le braccia il sacchetto che mi ha dato. Addento il pane che sporge e lo mando giù in fretta. Davanti alle porte le donne non ci sono più. Cammino nel sole.

Sento delle grida, poi altre grida. Non mi posso tenere la testa per via del sacchetto. Corro. Attorno a me e su di me cadono sassi. Corro. I bambini gridano:

« Tira più forte! ».

« Mira alla testa, è meglio! ».

« Così sapremo cosa c'è nella testa delle streghe ».

I bambini gridano. La testa mi pulsa per i sassi e il rumore. Corro nella polvere della terra che attira ogni cosa. Mi chiudo nella baracca. Si sentono ancora dei sassi contro le pareti e sul tetto. Poi più niente.

Sono tutta bagnata. Mi cambio il panno. Poi, un bel po' di tempo dopo, vado a lavare quello sporco nella fontana e lo metto ad asciugare sull'erba, dietro la baracca.

Nel sacchetto la donna ha messo il pane, il latte, le sardine essiccate, il formaggio. Mangio, mangio e bevo il latte e l'acqua del secchio.

Quando fa buio, apro ed esco. Mi siedo sulla soglia, guardo il cielo, il colore dell'aria, il volo dei pipistrelli. Esco tutte le sere, mai di giorno. Vado a lavare i miei panni e a riempire d'acqua il secchio. Poi guardo ancora. E poi una volta, quando esco, davanti alla porta c'è il sacchetto con il pane e il latte. Mangio e bevo tutto. Anche altre volte trovo il pane, il latte e perfino, non sempre, cose come il formaggio o la cioccolata o il salame. Vado alla fontana, al buio, mangio in fretta, resto ad ascoltare i gridolini dei pipistrelli e il vento del mare. Dormo tutto il giorno nella penombra della baracca chiusa. A volte qualcuno bussa alla porta, grida:

«Apri, apri, sono io!».

Non apro. Altre volte ancora sulla baracca si abbatte una pioggia di sassi. Gridano:

«Esci fuori, pipistrella!».

«Pipistrella, esci dal nido!».

Sono i bambini, mi hanno dato il nome.

E poi, non so perché né quando, quelli di qui, lei e lui, sono venuti a prendermi. Fanno un pacco con le mie cose. Vogliono portarmi via. Io non voglio, mi aggrappo alla porta e grido, lei mi dà uno schiaffo, io li seguo. La gente e i bambini guardano in silenzio. Io mi tengo la testa.

Dopo sono qui, in questa casa estranea, con lei e lui e i bambini estranei, gli odori strani. Ho perso il mio odore e quello del mare nel vento. Qui tutti hanno lo stesso odore sconosciuto. Mi chiamano la matta, devo dormire di notte in un letto vero, uscire di giorno, e di sera nel cielo non ci sono più i pipistrelli.

Di giorno vado nel campo, raccolgo i denti di leone, altre erbe, vado anche in una vigna che non è la loro, laggiù, in fondo, a prendere le piante per gli animali. A volte trovo anche dei porracci. Mi siedo e li mangio insieme alle palline di terra bianche, rosse o verdi, che danno più vita. Poi taglio a pezzetti le erbe per le galline e le anatre. Ai conigli posso dare le piante intere, lo ha detto lei. Sgrano anche panieri di pannocchie di granturco, un bel granturco quasi arancione con, a volte, dei chicchi vinosi. Qui gli animali non prendono le malattie, non sono costretta a scavare fosse grandi come case.

Mangio insieme a tutti loro, in cucina. Quando ci sono altre persone, lei mi porta il cibo sul tavolo della mia stanza, e sempre un bel bicchiere di vino. Il vino mi piace tanto quanto il latte, mi riscalda lo stomaco e la testa.

Lui va a lavorare, tranne il giorno in cui suonano tutte le campane, quelle delle pianure, quelle delle colline che rispondono, il vento porta la loro musica fin qui. Anche laggiù il vento del mare portava lontano il canto delle campane, il vento di qui non ha odore se non nella stagione dei fiori, delle rose e dei lillà, e nella stagione della vendemmia.

I bambini vanno a scuola e, il giorno delle campane, a messa. Sanno già un sacco di cose, gli insegnano tutto. A volte vogliono farmi contare. Io non rispondo ma mi faccio il segno della croce come mi hanno insegnato. Ridono e gridano:

« Non sa contare! Che matta! ».

Io mi tengo la testa con le mani e devo sbatterla contro il muro perché smetta di pulsare. Dopo posso andare a stendermi sulla terra che mi attira a sé. So di saper contare, anche se un giorno me ne sono dimenticata.

Spesso se ne va anche lei. Lo capisco subito perché si mette dei bei vestiti senza grembiule, le scarpe della festa e ha le guance più rosa. Va via in macchina. Non mi porta mai.

Dice:

« Non andare sulla strada, ti farai investire. Resta in giardino o nella tua stanza. Non salire di sopra. Non andare vicino al pozzo ».

È fatta così. Io sbrigo le mie faccende. Lei torna con la macchina piena di cose da mangiare e di vestiti. A volte c'è un abito per me o altri indumenti. Sono contenta. Se mi dà delle caramelle, le metto tutte in bocca, formano una grande palla appiccicosa e zuccherina, dura un sacco. Poi non c'è più niente.

Certi giorni, prima di andare via in macchina, mi porta in camera il cibo e sempre il bicchiere di vino. Dice:

« Guarda bene. Il sole adesso è lì, vedi? Quando sarà dietro l'albero là in fondo, lo vedi?, sarò tornata. Non andare sulla strada, né vicino al pozzo, né di sopra ».

Una volta, non so quando né perché, le ho preso la mano e l'ho baciata. Lei ha fatto un balzo all'indietro e ha gridato:

« Sei solo una matta, una donna brutta e stupida ».

Se ne è andata.

Mi sono stesa nell'erba con la testa che ronzava. Quando mi sono svegliata, ho guardato dov'era il sole. Non si era spostato di molto. Ho portato il cibo fuori e ho mangiato tutto in fretta e bevuto il vino d'un fiato. Il sole era sempre nello stesso punto, lontano dall'albero del ritorno. Mi ricordo quasi tutto. Ho raccolto le erbe e le ho preparate, ho sgranato due cesti di granturco. Mi sono lavata bene le mani e i piedi. Poi sono salita su per le scale del garage, come quando lei chiama. Ho guardato dappertutto, nelle stanze dei bambini, nella sua, in sala da pranzo. Ho toccato i mobili, le coperte, le lenzuola sottili e morbide, come quelle che ho io qui. Ho aperto la credenza della cucina. Mi sono messa delle zollette di zucchero nelle tasche del grembiule, ho mangiato dei cetriolini, qualche oliva, delle striscioline di pesce rosa piene d'olio, di cipolla e salate, nel piatto ce ne erano molte, e un po' di cioccolata e dei dolci. Ho mangiato e mangiato e riempito le tasche del grembiule di tutto quello che ho potuto.

Sono tornata in camera sua. Ho aperto tutte le ante degli armadi. Dentro c'era una gran quantità di vestiti, abiti pieni di fiori, cappotti, giacche e roba fatta a maglia. Tutti gli armadi avevano il suo odore. Sono scesa a guardare il sole. Non era ancora vicino all'albero. Sono risalita in camera sua.

Mi sono spogliata e mi sono messa uno degli abiti a fiori. Era un po' grande ma mi stava bene, non ero più io, nello specchio. Se mi fossi incontrata per strada, non mi sarei riconosciuta. Mi sono messa a girare e a girare, volevo cantare ma nella mia testa non ci sono canzoni. Ho gridato, a lungo, e me la ridevo a vedermi così bella con tutti quei fiori addosso come un grande prato e ho gridato e girato ancora. Poi tutto ha cominciato a girare insieme a me, non sapevo più niente, sono caduta e mi sono risvegliata da tutta quella contentezza. Ho riposto tutto in fretta per andare a vedere dov'era il sole, lei non stava ancora tornando.

In camera sua, ho preso la grande scatola sopra l'armadio. Dentro c'era un abito bianco pieno di merletti, merletti dappertutto, arrivava almeno fino ai piedi. C'erano anche una coroncina con dei fiori bianchi, un grande velo come lo portavano le comunicande, laggiù, dalle suore, e anche un bouquet di fiori bianchi tenuti insieme da un lungo nastro. Ho toccato tutto, annusato tutto e aveva l'odore della mia baracca. Ho riposto in fretta le cose. Se avesse scoperto che le avevo viste si sarebbe infuriata e avrebbe gridato di nuovo:

«Vecchia matta, brutta e matta da far paura».

La mia testa non riesce a sopportarlo. Lei lo sa, dice che ho la testa debole.

Prima di scendere giù sono tornata in sala da pranzo. Ho aperto la vetrinetta con le bottiglie, la chiave non era nemmeno girata. Ho bevuto un po' da tutte le bottiglie, non molto. Ho bevuto dei liquori amari, dei liquori cattivi che fanno tossire, altri zuccherini e altri ancora senza sapore né odore. Ho richiuso tutto. Fuori il sole sfiorava quasi l'albero. Mi sono stesa ai piedi del grande abete, dove l'ombra azzurra è più fresca.

Ho sentito delle grida acute. Non ho guardato, ho solo nascosto la testa fra le mani. Lei gridava:

« Ladra, sporca ladra, e pure ubriacona, solo questo ci mancava ».

Mi ha preso a calci nelle gambe. Non ho detto niente. Chissà come aveva fatto a scoprire che ero andata di sopra a guardare tutto e che avevo bevuto dalle bottiglie. Ho cercato di addormentarmi. Sono arrivate le Suore con le loro fruste, colpiscono forte, dovunque, a casaccio, gridano:

« Penitenza! Penitenza! ».

Io non so. È arrivata anche la ragazza che cammina con un piede all'indentro e che zoppica, cade, la Suora la colpisce. La seppelliscono. E quella che si è presa la frusta sugli occhi, non vede più la luce, la picchiano, e quella che non può più parlare, e le altre, tutte. Sulla testa piovono frustate, vietato proteggersi con le mani. Io sono stesa a terra, la testa mi scoppia, non so più niente. Sono arrivate tutte. Piango stesa sulla terra che chiama.

Molte altre volte mi lascia il cibo e il bicchiere di vino nella stanza, sul tavolo. Non so quante volte, un tempo, laggiù, contavo, e poi ho dimenticato. Mi parla del sole e dell'albero del suo ritorno. Dice:

« Non andare sulla strada, né dalle parti del pozzo ».

Io sbrigo le mie faccende, mangio e bevo all'ombra dell'abete.

Poi, un giorno, cerco di aprire la porta delle scale del garage. È chiusa e non c'è la chiave. Ha chiuso tutto. Guardo le altre due porte che danno sul garage. Hanno la chiave. Ne prendo una, cerco di usarla per aprire la porta delle scale, funziona. Me la rido per la contentezza, anche lei dimentica le cose. Richiudo e rimetto a posto la chiave.

Poi sono sulla strada. Lei non vuole che ci vada. Cammino al centro perché le macchine mi vedano bene e passino da un lato o dall'altro. La prima macchina strombazza, io resto dove sono, immobile. Passa, metà sul terrapieno, metà sulla strada. L'uomo fa un mucchio di gesti con la mano. Arriva un'altra macchina, strombazza a più non posso molte volte e si ferma.

L'uomo dice:

« Devi camminare sul terrapieno, nonnina, non in mezzo alla strada ».

Se ne va. Non ci sono macchine, mi giro verso la casa. Non è lontana, la vedo. Voglio andare sul terrapieno come ha detto l'uomo. Ma iniziano a passare le macchine, tutte le macchine, metà sulla strada, metà sull'erba, da tutti e due i lati, strombazzano a più non posso, la testa rimbomba e si gonfia, si gonfia. La tengo stretta tra le mani perché non scoppi come una melagrana matura lanciata contro un muro. Passano le macchine, non so più niente, là, in mezzo alla strada, lontano dalla casa. E poi tutto si ferma. Viene l'uomo, mi accompagna fin sulla soglia della casa.

Corro, sempre a piedi nudi, intorno al campo. La terra mi attira tanto che, ben presto, mi ritrovo distesa su di lei. La sua forza entra in tutto il corpo. Riesco a tornare a casa, lavarmi la faccia, le mani e i piedi sotto il rubinetto.

Lei rientra con delle uova e la piccola damigiana di vino. Così so dove è andata. Poi dice:

« Sei andata sulla strada. Hai visto com'è ».

Tutto qui. Non le importa se le macchine strombazzano e mi investono.

Se ne va spesso lasciandomi il cibo e il bicchiere di

vino sul tavolo della stanza. Non fa nessuna raccomandazione, nemmeno per il pozzo. Io decido di farle dei dispetti. Apro la porta delle anatre, le faccio uscire. Restano davanti alla porta a confabulare. Cerco di spingerle sulla strada perché si facciano investire anche loro. Non ci riesco ma continuo a inseguirle con il bastone. Alla fine tra mille strilli si precipitano nella loro voliera e si pigiano tutte in un angolo come un mucchio di fieno. Richiudo la porta. Vado a calpestare i fiori che le piacciono, lei non se ne accorge. Sradico i gerani, lei li ripianta dando la colpa ai gatti, e così continuano a vivere.

Un giorno se ne va di nuovo per tornare quando il sole sarà dietro l'albero là in fondo. È bella nel suo bel vestito rosso come i fiori delle melagrane. Mangio e bevo tutto in fretta e furia. Prendo la chiave che apre la porta delle scale e salgo su dove lei non vuole. Guardo dappertutto, in tutti gli armadi. Prendo solo delle zollette di zucchero perché non si accorga di niente. Nella grande scatola sopra l'armadio c'è sempre l'abito bianco con la coroncina, il velo e il bouquet di fiori. Vado verso il mobile dei liquori e mi accorgo che ha tolto la chiave. Allora cerco, cerco dappertutto, ispeziono tutto, davvero tutto. Trovo la chiave in una pantofola. La rimetto nella serratura, scendo, e vado ad accudire gli animali.

Torna, tornano i bambini e c'è anche lui. Mangiamo. Lei gli dice, indicando il mobile dei liquori:

« Sei stato tu a rimettere a posto la chiave? ».

« Io esco la mattina alle sei e mezza, non ho il tempo di pensare alle chiavi ».

« È strano » dice. « Ero sicura di averla tolta come al solito ».

«Te lo sarai immaginato» dice lui, che dovrebbe essere mio figlio anche se non lo conosco.

Mangiamo. Lei cucina sempre cose buone. Ora non è contenta, ha la faccia tutta contratta, del colore delle palline bianche di terra che mangio, come granulosa. Rido tra me e me e mando giù il cibo il più velocemente possibile, con la bocca nel piatto, aiutando la forchetta con le dita. Spesso dice:

«È disgustoso vederti mangiare così. Sei peggio di un maiale sul suo mucchio di letame, peggio del maiale di sant'Antonio. Tant'è vero che nessuno si siede di fronte a te, a tavola».

Ricordo. Dalle suore si mangia sempre così. A volte le suore decidono di portar via i piatti prima che tu abbia finito di mangiare, per penitenza. Allora, appena arriva il piatto, ti ficchi tutto in bocca in fretta e furia. Quello almeno non se lo possono riprendere.

Continua a chiudere le porte a chiave quando esce. Poi parla del sole e dell'albero, del pozzo nel campo dove non devo andare. Un'altra volta salgo su a rimettere al suo posto la chiave del mobile dei liquori che lei ha nascosto in un vaso di fiori secchi, senza toccare nient'altro. La sera a tavola ha la pelle ancora più granulosa. Si mette a piangere.

«Sto perdendo la memoria» dice.

«Perché?» dice lui.

E tutti la guardano piangere, lui, i bambini, io no.

«Per quella chiave» spiega. «Mi sembra di toglierla sempre, prima di uscire. Controllo anche. E poi certe sere è di nuovo al suo posto. Non può essere lei, lei non può salire, e poi non manca niente».

«Non stai perdendo la memoria» dice lui. «Forse sei solo distratta. Capita a tutti. Uno si immagina di fare una cosa come al solito, in realtà non la fa».

«Non lo so» dice lei. «Ma è orribile dimenticare quello che hai fatto e che non hai fatto».

«Ci sono cose» dice lui «che non vale la pena sapere. Finché non ti dimentichi dei bambini e di me, non devi preoccuparti né piangere».

La bambina più piccola le si arrampica sulle ginocchia e si mette a baciarle tutta la faccia. Dice:

«Tu non puoi dimenticarci, mamma, noi non ti dimentichiamo mai».

Vado giù a sedermi sul muretto del giardino. Guardo scendere la notte. Qui non ci sono pipistrelli, è troppo pulito, troppo nuovo, non sanno dove aggrapparsi e starsene nascosti. Non c'è nemmeno il vento che porta il mare.

Poi fa molto caldo. Non riesco più a respirare. Il vento afoso secca ogni cosa e soffia il suo odore di polvere vecchia.

Una sera lui dice:

«Ho quattro settimane di vacanza. Andremo tutti in campeggio nelle Landes, in riva all'oceano. Il vento dei pini, l'oceano, lo iodio sono un toccasana».

Sono sopraffatta dalla contentezza e dentro di me rido tutta. Per una volta mi porteranno in giro nella loro bella macchina.

Dice:

«Tu resterai qui, a sorvegliare la casa. Ti lasceremo molto latte, formaggio, salame, cioccolata, le cose che ti piacciono, insomma. Il panettiere ti porterà il pane ogni mattina, controllerà che vada tutto bene. E poi ti occuperai degli animali, lo sai fare benissimo».

Non dico niente. Lei si viene a sedere accanto a me sul muretto. Traccia dei segni su un pezzo di carta. Me lo mostra.

«Guarda,» dice «ogni volta che ti alzi, al mattino,

cancelli un trattino, così. Quando avrai cancellato tutti i trattini, vorrà dire che quel giorno torneremo. Devi cancellare un trattino alla volta, naturalmente. Il panettiere verrà ad aiutarti, così non sbaglierai. E ti dirà il giorno in cui torneremo».

Me lo mostra varie volte, e io capisco tutto.

«Andrai a lavarti al ruscello. Ti cambi e metti la biancheria sporca nel cesto. Non andare sulla strada, non andare al pozzo. Da sola, senza le grida dei bambini che ti fanno male alla testa, starai tranquilla. Quando torneremo, ti porterò un bel vestito e un foulard. Con noi ci saranno mio fratello, sua moglie e i loro due figli. Fatti trovare pulita e bella quel giorno, mi raccomando. Arriveremo quando il sole sarà dietro l'albero».

È gentile. Ho voglia di dirle della chiave dell'armadietto dei liquori, ma non ne ho il tempo, risale di sopra. Mi chiedo se si porterà dietro la scatola con l'abito bianco, il velo e tutto il resto.

Se ne vanno una mattina molto presto, con un mucchio di valigie. Il sole è appena comparso dietro i pioppi del fiume, tutto rosso. È come un grande fuoco, perché sta salendo anche la foschia. Mi hanno abbracciata tutti, non mi avevano mai abbracciata prima, mai. Ho paura. Forse mi abbandoneranno qui per sempre. Prendo la chiave proibita e salgo di sopra. Ogni cosa è al suo posto, anche il bell'abito di merletto bianco. Sono così contenta. Non mi stanno lasciando tutta sola. Mangio il pane e il latte, seduta sul muretto delle scale. Poi faccio tutto il necessario per i conigli, le anatre e i polli. Ho una gran paura che abbiano delle malattie come quelli di laggiù, dove stavo prima. Lavo per bene tutti i recipienti per l'acqua degli animali e li riempio di nuovo di acqua fresca e chiara.

Passa il panettiere. Porta un pezzo di pane fresco, dà un'occhiata in giro e poi se ne va sorridendo. Dice: « È tutto a posto. A domani ».

Ecco. Cammino intorno al terreno senza correre. Cerco di arrivare fino al pozzo ma ho paura, faccio dietrofront e riprendo a camminare in tondo. Raccolgo delle mele nel frutteto degli altri, le mangio seduta sul ciglio del fossato, in fondo al terreno. Guardo l'albero del ritorno che sta tra la casa e me. Il sole è proprio lì dietro. Quando rientreranno sarà come oggi. Torno verso la casa, mangio il pane, il salame e bevo il latte. Decido di cancellare un giorno. Non è ancora il momento ma penso che, se cancello tutti i giorni, torneranno stasera. Poi però mi dico che non sarebbe normale, sospetteranno qualcosa, e io non voglio. Cancello solo un giorno e poi un altro. Guardo di nuovo il sole. È molto lontano dall'albero. Che strano, un attimo fa, quando stavo in fondo al campo, era proprio lì dietro. Ho paura, il sole è tornato indietro, oppure ho dormito una notte, forse nel campo, e non me lo ricordo. Prendo il foglio e barro un altro giorno.

Un bel po' di tempo dopo, scende la notte. Resto fuori ad aspettare i pipistrelli, a loro piacciono le case abbandonate. Non arrivano, la casa non è ancora abbastanza abbandonata. Arriva solo il barbagianni, appollaiato su uno dei paletti della recinzione del prato di fronte, dritto dritto, tutto bianco, gli occhi rotondi con un cerchio intorno. Ho una gran voglia di toccarlo, ma dovrei attraversare la strada che mi riempie la testa di paura. Per la paura non vado a vedere il barbagianni. Tutti hanno paura.

Un altro giorno mi alzo. Penso: Ormai è da un bel po' che sono al mare. Cancello dei giorni prima di mangiare il pane e il latte in fretta e furia, con la bocca sulla scodella. Il panettiere arriva con il pane. Vuole vedere il calendario dei giorni. Lo guarda e dice:

«Hai barrato troppi giorni. Sono partiti solo due giorni fa. È tutto da rifare».

Cerco di spiegare che più giorni elimino prima ritorneranno. Dice di no. Dice che terrà il calendario al posto mio e che il giorno in cui arriveranno me lo dirà. Se ne va con il calendario che lei ha fatto apposta per me. Sono arrabbiatissima. Bisognerà che trovi un altro modo di contare i giorni. Un tempo, laggiù, sapevo contare con le cifre e con le dita, poi me ne sono dimenticata, mi ricordo solo le frustate che annientano la testa e poi non sai più.

Allora decido. Ogni volta che passerà il panettiere, farò una buca nella terra dove finiscono i solchi del granturco e ci metterò dentro un animale, un'anatra, un pollo o un coniglio. Sopra la buca pianterò un bastone per ricordarmene. Così non mi sbaglierò. Ecco.

Mangio il pane e il latte molto in fretta, come tutti i giorni. Poi prendo la zappa e faccio una grande buca dove finisce il primo solco di granturco. Vado dagli animali. I polli si mettono a saltare dappertutto come dei matti, le anatre vengono verso di me, con il collo teso, cianciando per la contentezza. I conigli fanno come al solito, si pigiano in un angolo, tutti impauriti, anche se mi conoscono, è da un pezzo che gli do da mangiare l'erba o la crusca. Sono fatti così. Mi accovaccio davanti alla gabbia della coniglia che ha appena avuto i piccoli. Non indietreggia, lei. Resta davanti alla porta della gabbia, quella lì sì che sa badare ai suoi piccoli. Allora le parlo nella mia testa.

«Anche tu sei una cattiva madre, l'ha detto lei, quella che se ne è andata lontano, verso il mare, con tutti gli altri. Dice che se qualcuno tocca i tuoi piccoli te li mangi. Ecco che cosa dice. Io tocco i tuoi piccoli perché sono belli e morbidi, ma tu non li mangerai».

Accarezzo i coniglietti, la madre lancia dei gridolini acuti. La prendo per le orecchie, lei si dibatte, la metto nella buca che ho scavato, lei si rannicchia sul fondo, la ricopro di terra, schiaccio ben bene, pianto un bastone per segnare il giorno. Me ne vado a raccogliere delle erbe. Ogni giorno faccio lo stesso. Ho messo nella terra, uno dopo l'altro, un coniglio, un pollo, un'anatra e poi ancora un coniglio, un pollo, un'anatra, sempre con un bastone accanto alla buca, ben dritto perché tutti lo vedano. Poi prendo delle mele nel frutteto degli altri e le mangio in fretta.

Il panettiere porta il pane, il salame, il formaggio. Dice:

«Sei così magra che è una pena guardarti».

Non è vero. Sono sempre stata magra. A volte mi porta dei dolci con dentro la cioccolata, o con l'uvetta. Un giorno mi porta un po' di carne ancora calda, piena di sugo. Io gli bacio le mani.

Un giorno arriva con il suo calendario. Me lo mostra e dice:

«Arrivano stasera».

Mette sul tavolo un tortino con sopra un cappuccetto, dice:

«È un boccone della regina. Mangialo subito, è buonissimo».

Lo mangio, è vero che è buono. Vado a vedere gli animali. Tocca di nuovo ai conigli, come la prima volta. Scavo una buca dove finisce un altro filare di granturco, sono molti, i filari di granturco. Torno dai conigli. Guardo i piccoli della prima coniglia che ho sotterrato. Stanno sempre nel loro nido di pelo, un nido morbidissimo. Li accarezzo, li prendo in mano, non si muovono. Tocca a loro, penso. Li metto nel grembiule. Scavo la buca dove c'è la madre, la prima, me la ricordo bene, e ce li metto tutti dentro. Poi, siccome ho un'altra buca, cerco qualcosa da metterci dentro. Trovo il suo grembiule e lo sotterro, pianto anche un bastone per segnare il punto.

Faccio tutto il necessario per l'erba degli animali che restano. Non potrà dire che con me hanno sofferto. Poi mi lavo nel ruscello e mi stendo sulla terra che dà la forza. Controllo il sole. Quando è quasi vicino all'albero del ritorno, prendo la chiave proibita, salgo nella sua stanza. Andando via ha detto:

« Fatti più bella che puoi, per quando torneremo tutti ».

Allora prendo quello che c'è di più bello in casa. Indosso il bell'abito bianco pieno di merletti, mi sta un po' largo, ma è davvero bello. Poi mi metto in testa il velo e la corona di roselline per tenerlo, e in mano il bouquet bianco. Andando via ha detto:

« Fatti bella per quando torneremo ».

Nello specchio dell'armadio della sua stanza vedo quanto è bello.

Giro, ballo, me la rido.

Scendo facendo molta attenzione e mi siedo sul muretto del giardino. Comincio ad aspettare guardando la posizione del sole nel cielo. Resto quasi immobile per via di tutti questi merletti delicati, del velo e della coroncina.

Ho una gran voglia di andare a correre intorno al campo come faccio gli altri giorni, senza il vestito della festa né niente. Non posso, ho paura che la terra mi attiri a sé. Però vorrei sapere se, in fondo al terreno, il sole è ancora proprio dietro l'albero dei ritorni.

Allora aspetto. Alla fine il sole comincia ad avanzare

verso l'albero. Tra poco lei tornerà con degli sconosciuti. Ha detto:

«Fatti bella, mi raccomando».

E io sono bella con indosso l'abito più bello della casa. Mi ricordo che sono a piedi scalzi come sempre, ma non mi metterò le ciabatte di gomma, non mi piace avere i piedi in trappola.

Poi non so. Forse mi sono addormentata, oppure ho dimenticato. Sento la ghiaia che scricchiola. Non faccio in tempo a proteggermi la testa, sono già qui, accanto alle macchine. Corro verso di loro, nell'abito di merletto bianco che ha l'odore di laggiù, quando vivevo tutto il giorno chiusa nella baracca con il vento del mare. Faccio una grande riverenza come mi hanno insegnato le suore, con un ginocchio a terra e la testa bassissima. Allora tutta quella gente estranea scoppia a ridere, anche i bambini ridono e persino io. Dico:

«È bello».

Sono contenta. Ma lei si mette a gridare.

«Il mio abito! Il mio abito da sposa! Anche questo ha preso!».

Grida, ora più nessuno è contento, nessuno ride. Lei indossa il suo bel vestito, rosso come i fiori delle melagrane, bellissimo, sì. Vorrebbe saltarmi addosso e strapparmi tutto. Ho una gran paura e la testa comincia a rimbombare. Qualcuno la trattiene. Lei urla:

«Vecchia matta sdentata, vattene, vattene via, non ti voglio più. Sei brutta e arrugginita come un ferrovecchio. Mi sembra di impazzire, vattene, non ti voglio più vedere».

Grida con una voce sempre più forte e acuta. Allora ho ancora più paura. Corro attraverso il campo, a piedi scalzi, tirando su il vestito per non sporcarlo. Dietro di me gridano:

«No, no!».

Io corro. A un tratto mi ritrovo davanti al pozzo. Mi siedo sulla vera, per via della terra. Qui non mi verranno a cercare, c'è tanto fango da attraversare con i loro vestiti troppo graziosi e le loro scarpe lucide. Cala il silenzio, non gridano più. A loro non importa che la vecchia matta sdentata con la faccia tanto brutta e tutta arrugginita riposi qua, in abito da sposa, con il velo e la coroncina, e le gambe grigie di melma.

Lei ha detto:

«Vattene di qui, non ti voglio più».

Ecco che cosa ha detto, me lo ricordo bene. Ma io ho fatto come voleva lei, sono bella con indosso l'abito di merletto.

Guardo nel pozzo. Dal fondo la donna in abito da sposa mi guarda contro l'azzurro del cielo e le nuvole bianche in fuga.

L'acqua, laggiù, in fondo al pozzo, attira, la donna è nel cielo, tutta bianca e coronata di fiori. Mi guarda. Allora sono andata da lei, per essere lei.

... e la pietra ha implorato pietà
grandine pietà
e la grandine ha riso sfoderando i suoi
denti di grandine.

LOUIS ARAGON

FABULA

ULTIMI VOLUMI PUBBLICATI:

170. Paul Collins, *Né giusto né sbagliato*
171. V.S. Naipaul, *Una casa per Mr Biswas*
172. Alicia Erian, *Beduina*
173. Danilo Kiš, *Una tomba per Boris Davidovič*
174. Salvatore Niffoi, *La vedova scalza*
175. Henry Green, *Partenza in gruppo*
176. Peter Cameron, *Quella sera dorata*
177. Paul Collins, *La follia di Banvard*
178. Abilio Estévez, *I palazzi lontani*
179. Mordecai Richler, *L'apprendistato di Duddy Kravitz*
180. Anna Maria Ortese, *Angelici dolori*
181. Frank McCourt, *Ehi, prof!*
182. Salvatore Niffoi, *Ritorno a Baraule*
183. Kiran Desai, *Eredi della sconfitta*
184. Jean Echenoz, *Ravel*
185. W.G. Sebald, *Gli emigrati*
186. Peter Cameron, *Un giorno questo dolore ti sarà utile*
187. Muriel Spark, *Gli scapoli*
188. Roberto Bolaño, *2666*, vol. 1
189. Andrej Longo, *Dieci*
190. Alan Bennett, *La sovrana lettrice*
191. Davis Grubb, *La morte corre sul fiume*
192. V.S. Naipaul, *I semi magici*
193. Salvatore Niffoi, *Collodoro*
194. William S. Burroughs, *Nova Express*
195. David Henry Sterry, *Un pollastro a Hollywood*
196. Christina Stead, *Il piccolo hotel*
197. Letizia Muratori, *La casa madre*
198. Peter Cameron, *Paura della matematica*
199. Muriel Spark, *Atteggiamento sospetto*
200. Dai Sijie, *Una notte in cui la luna non è sorta*
201. Mordecai Richler, *Le meraviglie di St. Urbain Street*
202. Roberto Bolaño, *2666*, vol. 2
203. Andrew Sean Greer, *La storia di un matrimonio*
204. János Székely, *Tentazione*
205. Salvatore Niffoi, *Il pane di Abele*
206. Shirley Jackson, *Abbiamo sempre vissuto nel castello*
207. Curzio Malaparte, *Kaputt*
208. Letizia Muratori, *Il giorno dell'indipendenza*

209. Mark Sarvas, *Harry, rivisto*
210. Patrick Dennis, *Zia Mame*
211. Muriel Spark, *I consolatori*
212. Andrej Longo, *Chi ha ucciso Sarah?*
213. William S. Burroughs, *Il biglietto che esplose*
214. Jean Echenoz, *Correre*
215. Jedediah Berry, *Manuale di investigazione*
216. Ingeborg Bachmann, *Il libro Franza*
217. Christopher Isherwood, *Un uomo solo*
218. Salvatore Niffoi, *Il Bastone dei Miracoli*
219. Licia Giaquinto, *La ianara*
220. Paul Collins, *Al paese dei libri*
221. Elizabeth Kelly, *Chiedi scusa! Chiedi scusa!*
222. Roberto Bolaño, *Amuleto*
223. Letizia Muratori, *Sole senza nessuno*
224. Patrick Dennis, *Povera piccina*
225. Clancy Martin, *Come si vende*
226. Curzio Malaparte, *La pelle*
227. W.G. Sebald, *Gli anelli di Saturno*
228. Alan Bennett, *Una vita come le altre*
229. Roberto Bolaño, *Il Terzo Reich*
230. J. Rodolfo Wilcock, *I due allegri indiani*
231. Christopher Isherwood, *La violetta del Prater*
232. Salvatore Niffoi, *Il lago dei sogni*
233. Aldous Huxley, *Punto contro punto*
234. Guido Ceronetti, *In un amore felice*
235. Goffredo Parise, *Il padrone*
236. William S. Burroughs - Jack Kerouac, *E gli ippopotami si sono lessati nelle loro vasche*
237. Andrej Longo, *Lu campo di girasoli*
238. Patrick Dennis, *Intorno al mondo con zia Mame*
239. Austin Wright, *Tony & Susan*
240. Friedrich Dürrenmatt, *Giustizia*
241. Alan Bennett, *Due storie sporche*
242. V.S. Naipaul, *I mimi*
243. Roberto Bolaño, *I dispiaceri del vero poliziotto*
244. Jean Echenoz, *Lampi*
245. Pierre Mac Orlan, *Il porto delle nebbie*
246. Friedrich Dürrenmatt, *L'incarico*
247. Peter Cameron, *Coral Glynn*
248. Nancy Mitford, *L'amore in un clima freddo*
249. Letizia Muratori, *Come se niente fosse*

250. Ian Fleming, *Casino Royale*
251. Emmanuel Carrère, *Limonov*
252. Patrick Dennis, *Genio*
253. Curzio Malaparte, *Il ballo al Kremlino*
254. Ian Fleming, *Vivi e lascia morire*
255. Roberto Bolaño, *Stella distante*
256. Peter Cameron, *Il weekend*
257. Christopher Isherwood, *Addio a Berlino*
258. Jean Rhys, *Quartetto*
259. Roberto Bolaño, *Un romanzetto lumpen*
260. Alexander Masters, *Un genio nello scantinato*
261. Emmanuel Carrère, *L'Avversario*
262. Roberto Bolaño, *La letteratura nazista in America*
263. Mordecai Richler, *Joshua allora e oggi*
264. Yasmina Reza, *Felici i felici*
265. Milan Kundera, *La festa dell'insignificanza*
266. V.S. Naipaul, *Il massaggiatore mistico*
267. Ian Fleming, *Moonraker*
268. Peter Cameron, *Andorra*
269. Julia Deck, *Viviane Élisabeth Fauville*
270. Steve Tesich, *Karoo*
271. Roberto Bolaño, *I detective selvaggi*
272. Emmanuel Carrère, *La settimana bianca*
273. Shirley Jackson, *Lizzie*
274. Jamaica Kincaid, *Vedi adesso allora*
275. Willem Frederik Hermans, *Alla fine del sonno*
276. Boileau-Narcejac, *I diabolici*
277. Ian Fleming, *I diamanti sono per sempre*
278. Kevin Barry, *Il fiordo di Killary*
279. Fleur Jaeggy, *Sono il fratello di XX*
280. Jean Echenoz, *'14*
281. Katja Petrowskaja, *Forse Esther*
282. Letizia Muratori, *Animali domestici*
283. Emmanuel Carrère, *Il Regno*
284. Eric Ambler, *Viaggio nella paura*
285. Roberto Bolaño, *Puttane assassine*
286. Serena Vitale, *Il defunto odiava i pettegolezzi*
287. Ferenc Karinthy, *Epepe*
288. Sarban, *Il richiamo del corno*
289. Boileau-Narcejac, *Le incantatrici*
290. William S. Burroughs, *I ragazzi selvaggi*
291. Mordecai Richler, *La storia di Mortimer Griffin*

292. Nancy Mitford, *Non dirlo ad Alfred*
293. Paolo Maurensig, *Teoria delle ombre*
294. Friedrich Dürrenmatt, *Il giudice e il suo boia*
295. Fleur Jaeggy, *Le statue d'acqua*
296. Ian Fleming, *Dalla Russia con amore*
297. V.S. Naipaul, *Sull'ansa del fiume*
298. Roberto Bolaño, *Notturno cileno*
299. Rosa Matteucci, *Costellazione familiare*
300. Alan Bennett, *Il gioco del panino*
301. Christopher Isherwood, *Il signor Norris se ne va*
302. Lily King, *Euforia*
303. Andrej Longo, *L'altra madre*
304. Teresa Cremisi, *La Triomphante*
305. Emmanuel Carrère, *Io sono vivo, voi siete morti*
306. Eric Ambler, *Topkapi*
307. Boileau-Narcejac, *La donna che visse due volte*
308. Pierre Michon, *Vite minuscole*
309. Goffredo Parise, *Gli americani a Vicenza*
310. Leonard Michaels, *Sylvia*
311. T.H. White, *L'astore*
312. Han Kang, *La vegetariana*
313. V.S. Naipaul, *L'enigma dell'arrivo*
314. Ian Fleming, *Il Dottor No*
315. Roberto Bolaño, *Il gaucho insopportabile*
316. Clarice Lispector, *Acqua viva*
317. Jamaica Kincaid, *Annie John*
318. Yasmina Reza, *Babilonia*
319. Omar Di Monopoli, *Nella perfida terra di Dio*
320. Jean Rhys, *Io una volta abitavo qui*
321. Meyer Levin, *Compulsion*
322. Lawrence Osborne, *Cacciatori nel buio*
323. Han Kang, *Atti umani*
324. David Szalay, *Tutto quello che è un uomo*
325. Ian Fleming, *Goldfinger*
326. Roberto Bolaño, *Lo spirito della fantascienza*
327. Madeleine Bourdouxhe, *Marie aspetta Marie*
328. Matsumoto Seichō, *Tokyo Express*
329. Laurie Lee, *Un momento di guerra*
330. Emmanuel Carrère, *Un romanzo russo*
331. Alan Bennett, *La signora nel furgone e le sue conseguenze*
332. Jean Echenoz, *Inviata speciale*
333. Omar Di Monopoli, *Uomini e cani*

334. Jean Rhys, *Buongiorno, mezzanotte*
335. Pierre Michon, *Gli Undici*
336. Lawrence Osborne, *La ballata di un piccolo giocatore*
337. Shirley Jackson, *Paranoia*
338. Sébastien Japrisot, *La cattiva strada*
339. Peter Cameron, *Gli inconvenienti della vita*
340. Matteo Codignola, *Vite brevi di tennisti eminenti*
341. Roberto Bolaño, *La pista di ghiaccio*
342. Anatolij Kuznecov, *Babij Jar*
343. Fabio Bacà, *Benevolenza cosmica*
344. J. Rodolfo Wilcock, *Il libro dei mostri*
345. Clarice Lispector, *Un soffio di vita*
346. Ian Fleming, *Thunderball*
347. Emmanuel Carrère, *Vite che non sono la mia*
348. Matsumoto Seichō, *La ragazza del Kyūshū*
349. David Szalay, *Turbolenza*
350. Friedrich Dürrenmatt, *La promessa*
351. V.S. Naipaul, *Il ritorno di Eva Perón*
352. Raymond Chandler, *Il grande sonno*
353. Roberto Bolaño, *Sepolcri di cowboy*
354. Jean Rhys, *Viaggio nel buio*
355. Emmanuel Carrère, *I baffi*
356. David Garnett, *La signora trasformata in volpe*
357. Lawrence Osborne, *L'estate dei fantasmi*
358. Norah Lange, *Figure nel salotto*
359. Peter Cameron, *Cose che succedono la notte*
360. Ennio Flaiano, *Tempo di uccidere*
361. Anna Wiener, *La valle oscura*
362. Matsumoto Seichō, *Un posto tranquillo*
363. Raymond Chandler, *Addio, mia amata*
364. Shirley Jackson, *La luna di miele di Mrs. Smith*
365. Benjamín Labatut, *Quando abbiamo smesso di capire il mondo*
366. Sait Faik Abasıyanık, *Un uomo inutile*
367. Emmanuel Carrère, *Yoga*
368. Lawrence Osborne, *Nella polvere*
369. Matteo Codignola, *Cose da fare a Francoforte quando sei morto*
370. Peter Cameron, *Anno bisestile*
371. Fabio Bacà, *Nova*
372. Ian Fleming, *La spia che mi ha amata*
373. Shirley Jackson, *La meridiana*
374. Barbara O'Brien, *Operatori e Cose*
375. Inès Cagnati, *Génie la matta*

376. Yasmina Reza, *Serge*
377. Friedrich Dürrenmatt, *Il sospetto*
378. Nancy Mitford, *Rincorrendo l'amore*
379. Lawrence Osborne, *Il regno di vetro*
380. François Boyer, *Giochi proibiti*
381. Clarice Lispector, *Il lampadario*
382. Thomas Bernhard, *La fornace*
383. Raymond Chandler, *Il lungo addio*
384. Ian Fleming, *Solo per i tuoi occhi*
385. Matsumoto Seichō, *Il dubbio*
386. Shirley Jackson, *Un giorno come un altro*
387. William S. Burroughs, *Junky*
388. Christopher Isherwood, *Il mondo di sera*
389. Inès Cagnati, *Giorno di vacanza*
390. Peter Cameron, *Che cosa fa la gente tutto il giorno?*
391. Jean Stafford, *Il puma*
392. Boileau-Narcejac, *I volti dell'ombra*
393. Michael Bible, *L'ultima cosa bella sulla faccia della terra*
394. Ian Fleming, *Al servizio segreto di Sua Maestà*
395. Benjamín Labatut, *Maniac*
396. Lawrence Osborne, *Java Road*
397. Han Kang, *L'ora di greco*
398. Thomas Bernhard, *Gelo*
399. Raymond Chandler, *Finestra sul vuoto*
400. Katja Petrowskaja, *La foto mi guardava*
401. Chetna Maroo, *T*
402. Clarice Lispector, *La città assediata*
403. William Sloane, *Attraverso la notte*
404. Matsumoto Seichō, *L'attesa*
405. Michele Masneri, *Paradiso*
406. Boileau-Narcejac, *Le lupe*
407. Ken Greenhall, *Elizabeth*

STAMPATO DA STUDIO DUE S.A.S. - MILANO
NEL SETTEMBRE 2024